鎮魂の盃

風魔小太郎血風録

安芸宗一郎
Aki Soichiro

目次

序章　5
第一章　陰謀　15
第二章　切腹　64
第三章　刺客　113
第四章　疑惑　162
第五章　激突　210
終章　決戦　261

序章

二月五日、雲ひとつ無く晴れ渡った、気持ちの良い朝だった。

明け方、清水の湊を出た五百石船は、江戸に向かって順調に駿河沖を通過した。

風は西南からの理想的な追い風で、波も思いのほか穏やかだ。

「船頭、風はまさに順風満帆なのに、この船はまるで進まねえ。大丈夫なのか」

恰幅のいい、親方然とした男がいった。

船は大量の遠州瓦と袋井の瓦職人を三十人も載せているために、船体を海中に大きく沈み込ませている。

巨大な帆は帆柱が軋むほどに風をはらんでいるのに、遅々として進まない船に男は不安を抱いていた。

「なあに、この調子でいけば夕刻には江戸に到着するだに」

「そんなことを心配しているんじゃねえ。袋井の材木商に聞いたのだが、箱根あたりでは、なにやら海賊が横行しているそうじゃねえか」

「儂らは黒潮に乗って銚子に向かうから心配は無用だに。それにしても、こんなに大量の瓦をいったい江戸で、どうするだに」

船頭は船縁から、やけに近く見える海面を覗き込んだ。

「なんでも将軍様が江戸の町の防火対策として、瓦葺きを推進されるそうなんだ。今回は大名屋敷用の鬼瓦、それから江戸の町屋向けに、近江で考案された桟瓦をさらに薄く軽量化してな、それを見本として江戸に運び込むよう、幕府のお偉方に命じられちまったのよ」

この頃、八代将軍徳川吉宗は将軍宣下以来、江戸で相次いだ大火対策に頭を悩ませていた。

そんな折、徳川御三家で尾張藩主の徳川継友より、大名、旗本屋敷に飾られた魔除けの鬼瓦を遠州産に交換し、江戸城下の瓦葺屋根化を上奏されたのだった。

江戸の武家屋敷はともかく町屋の大半は安普請で柱が細く、重い屋根瓦を葺くには無理があるが、大火の際に破壊するには好都合だった。

江戸の防火対策として瓦葺を推進するのは合理的ではあるが、そのためには江戸の建物を建て直すところから始めなければならない大事業なのだ。

しかも幕府が抱える莫大な赤字解消と幕政改革の第一歩として、贅沢を禁じる奢侈禁止の令を出したのは吉宗だ。

江戸の経済が冷え込む中で、大名から町民にまで莫大な出費を強要する瓦葺は、尾張継友がいうほど簡単なことではなかった。

なにやら上奏の背後で蠢く、欲にかられた銭の亡者どもの意図を察した吉宗は、御側御用取次役の有馬氏倫《うじのり》に、直接、遠州瓦の瓦屋と職人を選定させ、試しに五十ほどの武家屋敷の鬼瓦交換と、最新の薄瓦を見本に取り寄せるよう命じていた。

そして心配そうに海面を覗く男こそ、有馬に選ばれた遠州袋井の瓦屋、富田屋吉右衛門だった。

「なるほどねえ」

船の後方を眺めていた船頭が、首を傾げながらいった。

「どうしたね」

「いえね、さっき気付いたんですが、二艘の船がついてきているみたいなんですよ。ほら、あの船です」

親方が船頭の指さした方向を見ると、二町ほど後方に二艘の船影が見えた。

「船頭さん、海賊ってことは……」

親方は不安げな顔で腕組みをした。

懐には三十人あまりの職人たちの、ひと月分の江戸滞在費として用意した、百両あまりの金子が納められている。

「それはねえでしょう。このあたりで海賊なんて聞いたことがねえし、心配するなら伊豆あたりですよ」

「それならいいが、ほら、みるみる近付いてくるぞ」

二町も離れていたはずの船は、五百石船を挟むように二手に分かれ、猛烈な勢いで近付いてくる。

「船上に人影が見えねえが、まさか幽霊船……」

「親方、馬鹿なこといわねえでくだせえよ」

船頭がそういって艫に走ると、五百石船の両舷に二艘の五百石船が接近し、そのまま舷側を衝突させた。

「こ、こらっ！　どこを見とるんじゃっ！」

「馬鹿たれがっ！」

左右両舷に散った船人足が、謎の五百石船に向かい口々に怒鳴った。

すると謎の船の甲板に、どこからともなく現れた黒装束の男たちが、手にした長い竹竿製の鳶口を伸ばし、先端の鉤を五百石船の船縁に引っかけた。

そして獣のような素早さで、別の黒装束が五百石船に飛び移った。

黒装束たちはすぐさま腰の直刀を抜くと、船人足に問答無用で斬りかかった。

荒くれ者の船人足は、手近にあった得物になりそうな道具を掴み、わけのわからぬ言葉を喚きながら黒装束に立ち向かった。

しかし戦闘慣れしている黒装束たちは、ひとりの船人足に複数で襲いかかり、ぎらつく直刀の切っ先を容赦なく突立てた。

「わ、儂らは遠州瓦の職人で、この船に積んでるのは瓦だけでございますっ！」

親方は目の前で繰り広げられる阿鼻叫喚の地獄絵図に、両膝をガクガクと震わせながら叫んだ。だが近寄ってきた頭巾と黒羽織姿の侍は、そんな親方をまるで意に介すことなく、抜きはなった大刀を真一文字に一閃した。

一瞬で切断された親方の首が飛び、そのまま海中に落ちた。

首から噴きだしたおびただしい鮮血が、雨のように降り注いで甲板を濡らした。

甲板での異常に気付き、船倉から飛びだした瓦職人は無惨だった。

一切の抵抗をする間もなく次々と斬り殺され、遺体は情け容赦なく海中に放り込まれ、惨劇はわずか小半刻（三十分）ほどで終わった。

合計五十人ほどいた瓦職人と船人足はすべて斬り殺され、海中へと投げ捨てられた。

「景山様、船倉には誰もいません」

船倉から飛びだした黒装束がいった。

景山と呼ばれた男の名は景山無月、尾張藩甲賀組の組頭だ。

無月は吉宗に代わり、尾張継友を将軍の座につかせようとしている勢力から特命を受けた特務部隊の首領で、密かに京の朝廷と手を組んでいた。

源頼朝が鎌倉に幕府を開いて以来、朝廷や公家たちは経済基盤である荘園の大半を武士に奪われ、将軍に対抗しようにも武力などあるはずもない。

それなのに無月が朝廷と手を組んだのは、千年以上も朝廷に仕えてきた忍軍「丹波黒雲党」の力が目的だった。

丹波黒雲党は甲賀や伊賀の忍びと祖先をいつにするが、戦国の世になって多くの忍びが一族存続のために、各地の戦国大名に雇われる道を選んだにもかかわらず、朝廷から離れようとはしなかった。

しかも世が群雄割拠の時代になると京の商人に姿を変え、戦国大名たちに武器を販売する武器商人となり、朝廷の経済を裏から支える一方で忍びの秘術を使い、朝廷に敵対する戦国大名たちをことごとく抹殺してきた。

無月が欲しかったのはそんな丹波黒雲党の力、五十人もの人間を小半刻で殲滅しながら、ひとりの犠牲者も出さない組織だった武力だった。

「よし、手はずどおり、このまま江戸に向かうっ！」

無月の声に丹波黒雲党の黒装束たちが、一斉に返り血で汚れた覆面と装束を脱ぎ捨てると、黒装束の下には職人と船人足の身形《みなり》が準備されていた。

職人の身形をした男たちは、当たり前のように鮮血で汚れた甲板の掃除を始め、船人足の身形をした男たちは、それぞれの持ち場に散った。

「伏見屋、すでに積荷の鬼瓦には仕掛けが施してある。後は任せたぞ」

無月は背後で覆面をはずしている、恰幅のいい男にいった。

伏見屋と呼ばれた男は伏見屋陣内、丹波黒雲党の統領だ。

見た目は四十絡みの、商人然としたどこにでもいる男だが、身の丈五尺七寸の偉丈夫で、堂々とした態度と表情には気品が溢れている。

「景山様、それでは江戸で……」

「その方はこれより遠州袋井の瓦屋、富田屋吉右衛門、ぬかりのないようにな」

「江戸に到着しましたら、南町奉行所の大岡越前に挨拶してまいればよいのですね」

「そうだ。大岡越前には、御側御用取次役の有馬氏倫からすでに連絡がいっておる。そこでその方らは、江戸での瓦交換について打ち合せすることになっている」

「この船に積んである瓦の見本は……」

「浅草今戸の瓦屋、屋根政に運んでくれ」

「その浅草今戸の瓦屋と富田屋吉右衛門は知り合いではないのですか。私らが別人であることが、バレたりしませんかね」

「心配は無用だ。屋根政の主の政次郎と富田屋吉右衛門は、確かに同郷の知り合いなのだが、政次郎は十日ほど前に我らが始末した。いま店を仕切っている番頭頭は江戸生まれで、吉右衛門とは面識がないのだ」

「尾張藩の甲賀組は、ずいぶんと荒っぽいことをなされますな」

「よくいうわ。ほんの少し前、五十人もの男たちを皆殺しにし、次々と骸を海中に投げ捨てた者のいい草とは思えんな」

「景山様、それから懸案の風魔ですが、いかがいたしましょうか」

陣内はそういうと襟を正した。

口調は淡々としているが、全身から冷たい殺気を放っている。

「風魔か……」

「景山様、我らは過日、十代目風魔小太郎への刺客として送り込んだ仲間の『鞍馬死天王』を殺られておりますんや」

「わかっておる。だが前にもいったとおり、今回は吉宗と直属の暗殺隠密の根来衆を分断し、紀州にいる御側御用取次役の加納久通を殺害することで、吉宗の両翼をむしり取ることが目的だ。まずはそのための策の遂行に専念してくれ」

無月もまた淡々とした口調でいった。

「そうですな、風魔などただの道具。いずれ尾張継友様が将軍となられた暁には、使い道があるやもしれませぬからな」

陣内はカマをかけた。

それを鋭く察した無月の目が妖しく輝いた。

「なにをいわれるか。継友様が将軍となった暁には風魔なぞ無用。すぐさま吉原を廃して風魔を江戸から追い出し、新たに本所の御舟蔵あたりに盛大な廓を作り、その方ら丹波黒雲党に任せるつもりだ。それで不服はあるまい」

「ならば、我らが風魔を殲滅すれば、手間が省けますな」

「伏見屋、風魔を甘く見ていると痛い目に遭うぞ。我らの調べでは、江戸城下にいる風魔は三千。丹波黒雲党といえども、正面からぶつかれば返り討ちに遭うのが関の山だ。奴らから吉原という金のなる木と本拠を奪い、勢力が分散したところで攻撃を仕掛けるのが常道だろう」

「ふふふ、丹波黒雲党も舐められたものですな。わかりました、風魔のことはさておき、南町奉行所で打ち合せを終えた後、我らはいかがしたらよろしいのですかな」

「我らは一足先に江戸に行き、この先ひと月ほどその方らの宿所となる本所の小笠原宋易の屋敷で待っておる」

小笠原宋易は尾張藩の茶頭で、雑司ヶ谷の夢幻堂という骨董屋を拠点にし、京で仕入れた二束三文の土器《かわらけ》を、公家の土蔵から流出した秘宝と称して高値で売りつける詐欺師だ。

「小笠原宋易……私ら京の商人は商売上、あの男との付合いをやめるわけにはいきません。しかし、できれば商売以上の付合いは御免被りたい男ですな」

「まあ、そういうな」

「はいはい、それでは江戸に向かうとしましょうか」

「うむ。後は頼んだぞ」

無月はそういうと身を翻し、右舷に寄り添うように併走している船に飛び移った。

そして無月が乗り込んだのを確認した二艘の船は、五百石船の両舷から離れながら加速し、江戸に向かって疾走した。

第一章　陰謀

一

昼前、上野広小路に面した仁王門前町の古い鰻屋は、今朝方までの雨で仕事にあぶれた大工たちで満員だった。

「長雨が止んで二月も半ば、いよいよ本格的な春の到来だ。俺たち大工も、これからは忙しくなるぜ」

肝焼きの串を持った小太りの大工がいった。

「そうだな、将軍様が吉宗様に代わって以来、なぜか毎年冬になると大火が続き、おかげで、俺たち大工は大忙しだからな」

肝焼きを美味そうに囓ったノッポの大工がニヤリと笑った。

「そういうことよ。俺たちゃ冬に起きる火事のおかげで、一年間、おまんまが食えてるようなもんだからな。ところでお前さんは、何年か前に南町の御奉行様が作った町火消しが、組織替えになるって噂を聞いてるかい」

「町火消し？　あいつら鳶の振りをしているが、もともとはヤクザだから」

「なにやら事情があってそうなったらしいが、ちゃんと給金も出ていることだし、まともな鳶の連中から文句が出ているらしいぜ」

「え？　まともな鳶が町火消しになったら真面目に火事を消しちまって、俺たち大工はおまんまの食い上げにならねえかな」

「ありえるな」

「給金が出るなら、俺も大工をやめて鳶になるかな」

「馬鹿いってんじゃねえよ。ところで虎庵先生、あんたは清国の上海とかいうところで、蘭方医学を学んだんだろ。清国にも火消しはいるのかね」

ノッポの月代《さかやき》をピシャリと叩いた小太りの大工は、隣の席で杯を傾けていた風祭虎庵に訊いた。

吉原遊郭を根城に、江戸の闇を牛耳る忍び軍団「風魔」の統領、十代目風魔小太郎こと風祭虎庵は、普段は下谷で蘭方医院「良仁堂」を営み、法外な治療費を要求しない庶民の味方として、江戸の町民世界に溶け込んでいた。

「そうだな、上海に限らず外つ国の家は、石や煉瓦造りが当たり前だから大火とは縁がねえんだ」

「へえー。でも先生、石造りはわかるが、煉瓦ってのはなんだい」

「土を焼いて作った、豆腐みたいな格好をした石だ。それを何百も積んで家の壁を作るから、大火なんてものとは縁がねえんだ」

虎庵は杯を置いていった。

「確かに石の家じゃ燃えることはねえけど、冬は寒々しいだろうねえ」

ノッポの大工は、ひとり頷きながらもう一口肝焼きを嚙った。

「先生、清国はともかく西国では瓦葺きが当たり前で、大火が少ねえそうじゃねえですか。江戸も町火消しをどうこうするより、燃えない家造りを始めるべきと思いやせんか」

小太りの大工がそういって、虎庵に徳利を差し出した。

「それはいえてるな」

「そうでしょう？　どの家も良仁堂みてえに、銅葺きや瓦葺きになってりゃ、火の粉が飛んできても心配はねえんです。でもね、あれだけの屋根を支えるには太くて頑丈な柱が何本必要か。そこらの長屋は先生のお屋敷に比べたら、割り箸で作った掘っ立て小屋、屋根に瓦を載せる前に、土を敷いてる段階で潰れちまいますぜ」

「そうやって建てられた安普請の長屋が次の大火の薪になる。まさに悪循環だな」

「俺たち大工だって、材木をケチらねえ丈夫で立派な家を造りてえんです。でもね、今度の将軍様は倹約、倹約のケチ将軍でさあ。町人だけでも五十万人が住む江戸の建物をすべて瓦葺きにするなんて、夢のまた夢ですよ」

小太りの大工は吐き捨てるようにいった。

するとそこに店の女将が、焼き上がった鰻の包みと二升徳利を持って現れた。

「私らのように一日中火を使う立場からすると、町火消しができたおかげで、鰻のタレ壺を抱えて火の中を逃げ惑わずに済むようになったんだから、十分有り難い話なんですけどね」

「そうだな……」

虎庵は代金と引き替えに、鰻の包みと二升徳利を受け取ると店を出た。

それから小半時後、上野寛永寺を抜けた虎庵は天王寺裏の新堀筋を歩いていた。

江戸の鬼門は寛永寺によって護られているが、鬼門の外側にあたる北側は隅田川まで見渡す限りの田園地帯になっている。

久しぶりの友との再会に、右手に二升の通い徳利、左手に鰻の蒲焼きの包みを提げた虎庵は、指定された時刻より半刻ばかり早く、根来寺のひなびた山門に到着した。

虎庵が軽い足取りで山門を潜ると、境内で掃き掃除をしていた作務衣姿の男が振り返った。

僧侶にもかかわらず、長い総髪を後ろで無造作に纏めた男は、虎庵を呼びつけた張本人、根来寺住職の津田幽齋だった。

幽齋は六尺大男の虎庵よりひとまわり小柄だが、ゆったりとした黄色い鬱金《うこん》染めの作務衣の下には、鍛え上げられた鎧のような筋肉が隠されている。

なぜなら幽齋は紀州藩薬込役として召し抱えられていた、河内の武将津田監物の血を引く武士だった。

紀州藩薬込役とは、徳川吉宗が紀州藩主だった頃に創設された、藩主直属の隠密組織で、吉宗は将軍宣下を受けると、国許より津田幽齋の他に十七人の薬込役に江戸入りを命じた。

江戸入りした薬込役たちは、その後、三十俵二人扶持の「広敷伊賀者」に組み込まれたが、なぜか薬込役は三十五俵三人扶持と特別扱いされた。

しかも「御庭番」として桜田の御用屋敷内に住居をあてがわれ、身分も旗本や御家人に出世するといった、破格の待遇を受けることとなった。

「御庭番」が新たに組織された、将軍直属の隠密であることは明白で、守旧派の幕閣たちは新将軍の心中がはかりきれず疑心暗鬼にとらわれていた。

そのせいか、幽齋だけが「御庭番」にはなることなく、いつのまにか江戸城から姿を消したことに気付く者もなく、幽齋の存在もいつのまにか忘れ去られたが、それこそが新将軍吉宗の狙いだった。

紀州藩主時代、薬込役とは別に、津田幽齋を首領とする「根来衆」を隠密として抱えていた吉宗は将軍継嗣が決まるや、幽齋に将軍直属の隠密として活動を開始するよう命じたのだ。

御庭番は、そんな根来衆の存在を大名や幕閣に悟らせぬための、偽装に過ぎなかったのだ。

「おはようございます。朝っぱらから精が出ますね」

虎庵は高々と両手の土産を掲げた。

「これは虎庵殿、無理をいってかたじけない」

総髪をなびかせた幽齋はにこりともせずに、その場で深々と頭を下げた。

久しぶりの友との再会を楽しみにしていた虎庵は、そんな幽齋の態度が腑に落ちなかった。

「どうされました。急な呼び出しは、なにかヤバイことじゃないでしょうね」

虎庵はあたりを見渡した。

「じつは虎庵殿に、内々で診てもらいたい者がおるのだ」

「内々で診てもらいたいって……」

幽斎とは一年以上も前に、武田信玄の隠し金を狙って上陸した、エゲレス軍との戦闘の際に知り合った。

以来、ふたりはなぜか気が合い、今では刎頸の友といえるほどの仲となった。

にもかかわらず、虎庵は幽斎のなにやら奥歯に物がはさまっているような口ぶりが気になった。

「こちらです」

幽斎は竹箒を賽銭箱に立てかけると、本堂の階段を上がって木戸を引いた。

暗い本堂の中に複数の人間の気配がするが、なにやら空気が張り詰めている。

虎庵が幽斎について本堂に入ると、本尊の正面に置かれた夜具を囲むように四人の侍が座っていた。

「虎庵殿、こちらは美濃の高富藩家中の方々だ。皆様、風祭虎庵先生がおみえになられましたぞ」

幽斎の声に、背中を見せていた初老の侍が振り返った。

毅然とした初老の侍は小太りで、みるからに人の良さそうな好々爺だ。

「これはこれは、そなたがあの名医の誉れ高い風祭虎庵殿か。それがしは高富藩家老の野々村九郎右衛門にござる」

野々村と名乗った男は、額を床板に擦りつけた。

家老の身形はきちんとしているが、羽織も袴も木綿製で高級品には見えない。大名といっても一万石といえば最低の小名であり、藩財政は慢性的に逼迫した貧乏藩というのがとおり相場だ。

家老の身形は、高富藩の懐具合を如実に物語っていた。

「風祭虎庵です。堅苦しいことは抜きにして、皆さん、どうぞお手をあげてください。幽斎殿、事情を教えていただけませんか」

鰻で一杯というわけにいきそうもない状況に、虎庵は覚悟していった。

「うむ、夜具で横になっているのは、藩主の加納対馬守様だ」

虎庵が訝しげな顔で夜具を見ると、元服したばかりと思える少年の青白い横顔が見えた。

「その高富藩主様が、どうなされたんですか?」

「じつはひと月ほど前から、両膝に奇妙な瘤ができてな、今ではこの状態なのだ」

幽斎が夜具をめくると、お付きの侍が少年藩主の寝間着の裾をめくった。

露わになった細い両脚の膝の上部に、青黒い大福ほどの瘤が盛り上がっている。

虎庵は少年藩主の足下に歩み寄ると、ふたつの瘤をつぶさに観察した。

「こりゃぁ酷えな。なにかに膝をぶつけたのですか……」

「じつはひと月ほど前、鷹狩りの練習中に落馬されて、そのときに……」

家老が答えた。

「でしょうね。これは皮膚の下に血が溜まってるんですよ。だいぶ熱を持っているようですから、しっかりと冷やしてやれば……ちょっと待ってください」

虎庵は少年藩主の足指を見て息を呑んだ。

「いかがした、虎庵殿」

「御家老様。これは思ったより状態がよろしくありません。すぐにでも手術をしないといけません」

「しゅ、手術って、いま、しっかりと冷やせばといったばかりではないか」

「私の見立て違いでした。殿様の右足の親指を見てください。だいぶ青黒くなっているでしょう。おそらくこの瘤のせいで、血の巡りが悪くなっているんです」

「ば、馬鹿な。虎庵殿、どうすればいいのじゃ」

「御家老、ですから手術っていったでしょ」

「手術とは?」

「この瘤を切り開き、中に溜まった血の塊を抜くんですよ」

「その手術とやらをしなければどうなる」

「殿様の足先から腐り始めます」

「な、なんと……」

家老の野々村九郎右衛門は、その場にへたりこんだ。

「御家老、これは一刻を争う状況です。手遅れになれば、殿様の両脚を切断することになり、二度と自分の脚では歩けなくなりますよ」

「それは困る。虎庵殿、すぐに手術とやらを頼む」

「すぐに手術って、治療道具もないここではどうにもなりません。まずは殿様を良仁堂まで運びましょう」

「運べといわれても、駕籠では横になれぬし……」

「ここへはどうやって運んできたんですか」

「その長持ちに入っていただき……」

まどろっこしいやりとりを聞いていた幽齋が、殿様に歩み寄って抱き上げた。

「虎庵殿、新堀に寺の舟がある。艪を頼めるか」

「水臭いことをいうな。それじゃあ御家老、あんたたちは下谷の良仁堂までひとっ走りしてくれ」

「下谷の良仁堂じゃな」

「ええ、下谷界隈じゃ知らぬ者はおりませんから」

虎庵はそういうと本堂を飛びだした。

二

手術を終えた虎庵が、幽斎と野々村九郎右衛門たちの待つ奥座敷に姿を見せたのは、七つ（午後四時）少し前のことだった。

手術が順調にいったせいで、虎庵の表情はきわめて穏やかだった。

「虎庵殿、首尾は？」

家老の野々村九郎右衛門は、袖で額の汗を拭いながら訊いた。

「御家老、かなりでかい血の塊がありましたが、奇麗に摘出できました。さほど大きな傷も残らないでしょうし、三日もすれば動けるようになるはずです」

「で、殿はどちらに」

「まだ養生部屋で眠っていらっしゃいます。佐助っ！」

虎庵が叫ぶと、隣の間に控えていた佐助が姿を現した。

「先生、いかがされました」

「こちらの皆様を養生部屋にご案内してくれ」

「はい。それでは皆様、こちらにどうぞ」

すぐさま立ち上がった野々村九郎右衛門とお付きの者は、佐助を追って部屋を出た。

「幽齋殿はいかねえんですか」

「虎庵殿、本当のところはどうなのだ」

「本当もなにも、三日で動けるようになるし、十日もすれば歩けるようになりますよ」

「間違いないのだな」

「俺に治療を頼んでおいて、そりゃあないでしょう」

「す、すまぬ。それがしのいい過ぎだった」

幽齋は素直に頭を下げた。

虎庵は幽齋らしからぬ態度に首を傾げた。

「幽齋殿、いやなら答えなくてもいいんだが、正直いって高富藩という名は初耳だ。あんたほどの男が、聞いたこともねえ小藩の殿様の怪我の治療に首を突っ込み、なんで俺なんかを紹介したのかね」

虎庵は幽齋の向かいの長椅子に座った。

幽齋は大きな深呼吸をしてから、口を開いた。

「あの殿様、加納対馬守様は、去年元服したそれがしの次男孝次郎なのだ」

「はあ？　一万石とはいえ、あちらは大名だぜ。それを捕まえて倅って、ちょいと洒落がきつかねえか」

「それがしもそう思う。だが嘘ではないのだ。それがしは上様からの密命を受け、根来寺の住職になっているが、紀州藩では病死扱いにされ、十七歳の嫡男良太郎が家督を継ぎ、薬込役として出仕しているのだ」

「次男の孝次郎さんは、部屋住みというわけか」

「そういうことだ。孝次郎は十五歳になるが、武芸も学問も兄を凌ぐ才に恵まれたのだが、武士の運命には逆らえぬからな。それがしとしては、津田家は嫡男に任せ、次男にはいずれ根来衆を任せようと思っていたのだ」

申し訳なさそうに俯いた幽齋は真顔だった。

「どうやら嘘や冗談じゃなさそうだが、紀州藩薬込役の部屋住みから大名とは、鼠が馬になるような奇蹟だぜ」

虎庵は嬉しそうに笑うと、腕組みをして頷いた。

「ふた月ほど前のことだった。上様が鯉に餌をやりながら、突然、孝次郎を御側御用取次役、加納久通様の養子に出さぬかと仰られたのだ」

「理由もいわずにか」

「ああ、なにも仰られなかった。理由はどうあれ、加納様は千石取りの直参旗本。孝次郎の将来を思えば、それがしが断る理由もないだろう」

「そりゃそうだが、根来衆はどうするんだ」

「詳しいことは教えられぬが、根来衆は風魔のように一子相伝の世襲というわけではないのだ」

「ふーん。それで、どうなったんだ」

「翌日、倅を連れて加納様を訪ねると、加納様から孝次郎の高富藩主になる手続きが、すでに終わっていることを教えられた。そして加納様を通じて『その方には面倒をかけっぱなしだ。せめてもの気持ちと思ってくれ』という、上様のお言葉を賜った」

「せめてもの気持ちが大名とはな……」

「あまりの滅茶苦茶に、それがしも開いた口が塞がらなかった」

「元の高富藩主って奴は、どうなったんだ」

「藩主は元々五代将軍綱吉様の小姓で、四千石の旗本だったそうだ。なんでも綱吉様の御母堂、桂昌院様の血筋にあたり、お公家の血をひいているとかで、六千石加増され、宝永六年（一七〇九）、二十七歳の時に高富藩の立藩を許されたそうだ」

「てえことは、藩主はまだ三十代半ばだろ」

「なんでもこの藩主がとぼけた男でな、立藩以来、幕府には病気療養中の届けを出したまま一度も登城せず、藩政をほっぽり出したまま京で贅沢三昧の暮らしを続けていたそうだ」

「そんな馬鹿を大名にしたのでは、他の旗本どもに示しがつかねえじゃねえか。犬公方の目は、やっぱり節穴だったということか」

「しかも病気療養中にもかかわらず、京で嫡男とふたりの姫までもうけていたことが発覚し、上様の逆鱗に触れてしまったのだ」

「そうだろうな。普通なら切腹、良くてお家お取り潰し、改易で済んだら奇蹟だな」

虎庵は煙草盆の抽出から短めの煙管《キセル》を取り出し、苛立たしげにキザミを詰めた。

「上様は転封されるつもりのようだが、馬鹿藩主に灸を据えるために、お家お取り潰しを匂わせながら、しばらくお沙汰を保留するそうだ」

「馬鹿に効く薬はねえってのに、上様らしくねえ話だな」

「それがしもそう思うが、亡くなった正室の理子《まさこ》様も伏見宮のお公家だけに、上様も無茶はできぬのだろう……」

「ま、そんなことはどうでもいいや。幕府の汚れ仕事を一手に引き受けている幽齋殿だ、それぐらいの褒美があってても当然ってもんだ。なにがなんだかわからねえが、とにかく目出度い話じゃねえか」

虎庵は憎めない笑みを浮かべ、煙管を火種に寄せた。

するとそこに、養生部屋にいっていた家老の野々村九郎右衛門たちが戻ってきた。

「まだお目覚めではなかったでしょう」

虎庵がいうと、野々村九郎右衛門が不安げに頷いた。

「大丈夫ですよ、あと半刻もすればお目覚めになりますよ」

「左様か。ところで虎庵殿、我が藩の上屋敷は四谷伊賀町にあるのだが、これから殿をお連れしてもかまわぬだろうか」

　野々村九郎右衛門は、虎庵の顔色をうかがうようにしていった。

「それはだめです」

「どうしてもか」

「傷口の消毒は十分にしてありますが、今夜、かなりの発熱があるはずです。そこで対処を間違えれば、命の保障はできません」

「そうか、それでは致し方ないな……」

「御家老様、十日もあれば抜糸もできるし、そうなればご自身の脚で歩いて帰れると思います」

「なに、十日で歩けると申されるか」

「はい、無理をなさらなければね。つきまして御家老様、これは私からのお願いなのですが、それまでの付き添いは幽齋殿に頼むというわけにはいきませんか」

「幽齋殿にも都合があろう。そういうわけには……」

　野々村九郎右衛門は申し訳なさそうな顔で幽齋をみた。

「野々村様、それがしはかまいませぬ」

「左様か。幽齋殿にお願いできれば、殿も心強かろう。それではここはひとつ、お言葉に甘えさせていただこうか……」

野々村九郎右衛門は、背後に控えている家臣を振り返って頷いた。

「それでは御家老様、とりあえず三日後においでいただけますか。その時にはお殿様も話ができるはずですから」

「うむ。それでは三日後ということで、我らは引き揚げさせていただくことにするが、虎庵殿、治療費の方は二十五両、いや五十両ほどで……」

最新の蘭方で手術を施し、十日の入院となれば、少し名のある医師なら治療費も百両は下らない。

野々村は虎庵の顔色を窺いながら、治療費の値を上げた。

「御家老様、治療費なんていりませんよ。今回は私からお殿様へのお祝いということで……」

「虎庵殿、それは困る」

「いいじゃないですか。私がいらないといっているんだから」

「し、しかし、それでは……」

「わかりました。そういうことなら三日後に来るとき、鰻の蒲焼きを頼みます」

虎庵はそういって灰吹きに煙管の雁首を打ちつけた。

「野々村様、貴藩の面子もあるとは思いますが、虎庵殿がそれでよいというのですから、ここはお言葉に甘えられてはいかがかな」

幽斎がいった。

「さ、左様か。虎庵殿、なにからなにまでかたじけない」

野々村九郎右衛門は深々と頭を下げた。

野々村たちを見送った虎庵は、弟子の愛一郎と幽斎にあとを任せて良仁堂を出た。

花房町にある軍鶏鍋屋「甚鎌」で、南町奉行大岡越前が虎庵を待っていた。

風魔は吉原で得た利益を元手に百を超える商売をしているが、「甚鎌」はそんな店のひとつだ。

虎庵が右肩で縄暖簾を割ると、店内には人相の悪い客が席を埋め尽くしていた。

急に寒さを増したせいか、鍋の温もりが恋しくなるのも当然なのだが、それにしても異様な雰囲気だった。

虎庵の来店に気付いた甚五郎が、両手に軍鶏鍋を提げたまま目で二階にいくよう合図した。

階段を上がり二階の小部屋の障子を開けた虎庵は、大岡越前の向かいで軍鶏鍋を突く男を見て、階下が満員になっている理由を察した。

男の名は金吾。

三十歳そこそこで内藤新宿の角筈《つのはず》一家を率い、江戸の闇を取り仕切る大親分だ。

階下にいる人相の悪い連中は、親分を護衛する用心棒たちだった。

金吾は鼻筋の通った歌舞伎役者のような優男なのだが、身の丈五尺八寸ほどもある偉丈夫で、箸を伸ばした右腕には刺青の蛇が怪しげにからみついていた。

「先生、待ちかねたぞ」

いつになくご機嫌な大岡が、虎庵用に用意されていた軍鶏鍋を七輪に載せた。

「虎庵先生、ご無沙汰しておりやす」

金吾もヤクザの大親分とは思えぬ笑みを見せ、ペコリと頭を下げた。

「こちらこそ野暮用で遅れてしまいました。申し訳ありません」

「先生、これを見てくれ。金吾が新たに考えてくれた、町火消しの組織図だ」

大岡は席に着いた虎庵に、一枚の紙を差し出した。

「新たな組織図？」

いきなり話を振られた虎庵は、事情を飲み込めず戸惑った。

三

享保三年八月、吉宗は江戸の火事対策として、大岡に「町火消し」を創設するように命じた。

当時、江戸では大名が組織する「大名火消し」、旗本が組織する「定火消し」が存在し、町人たちには自営的な消防団の「店火消し」が存在していた。

それを知っているにもかかわらず、将軍から「町火消し」の新設を命じられた大岡は戸惑った。

「店火消し」は読んで字の如く、商家が店への延焼を防いだり、店の消火を目的とした消防団で、町屋の消火を目的としているわけではない。

だからこそ「町火消し」を組織しろということなのだろうが、江戸の町屋には五十万ともいわれる町民が住んでいる。

その中から他人のために、命がけで消火にあたる「町火消し」を募るなど前代未聞で、少なくとも参考にするべき前例もなかった。

名奉行と名高い大岡にしても、一朝一夕でできる話ではなかった。

大岡は散々悩んだ挙げ句、合力を頼った相手が江戸の闇を牛耳るヤクザの角筈一家で、親分に命じられて手伝ったのが、当時、若衆頭の金吾だった。

江戸の治安を預かる町奉行所とヤクザは、いうなれば持ちつ持たれつの関係だけに、不思議なことではなかったのだ。

「大岡様、この図によれば、御奉行の配下に町年寄、町名主、町役人、頭取と続いていますが、問題は火事場で命がけで作業にあたる火消しどもと、それに指図する頭取ですね……」

主君のために侍が命をかけるのは当たり前だが、同じ理屈が町人には通じるはずもないし、店の旦那のために命を張る馬鹿などいるはずもない。

だからこそ金吾は、初期の町火消しの頭取の大半に中堅の口入れ屋を据えた。口入れ屋といえばヤクザ一家の生業であり、ようするに金吾の配下の者たちをズラリと並べることで、町年寄、町名主、町役人のうるさ方を黙らせたのだ。

虎庵がつぶさに図面を確かめると、今回の頭取にはまともな鳶の一家の名が連なっていた。

「町の噂じゃ、本業の鳶が文句をいいだしたそうですが、この図面を見ると頭取から口入れ屋が消えて、全て鳶の一家になっている。やはり噂は本当だったようですね」

「先生、町火消しは、地主や名主が町に納めた町入用《ちょういりよう》で運営されているから、当初は金を出すだけの商人どもの意向が強くなるのは否めなかった。そこで金吾が奴らを黙らせるために、頭取に口入れ屋を据えたのだ」

「商人どもを黙らせるにはヤクザというわけですか」

「ご名算、そういうことだ。ただあれから何年かすると、事情を知らない本物の鳶どもが、自分たちが町火消しになれば、もっと確実に延焼を防げるといいだしたのだ。儂にすれば江戸のヤクザどもを町火消しにしたことで、ただのゴロツキがまともになり、一挙両得だったのだが」

大岡はそういうと、虎庵に徳利を差し出した。

すでに大岡の名奉行振りは有名だが、清濁を飲みあわせつつも正論を曲げずに取り繕う技は、まさに真骨頂だった。

「金吾親分、話は変わりますが、大川の西、お城側を受け持つのは『いろは四十八組』とのことですが」

「へえ」

金吾が意味深な笑みを浮かべた。

「いろは四十八組の『ひ組』と『へ組』、『ら組』と『ん組』を百組、千組、万組、本組にしたのはお見事でした。あれは……」

「金吾の考えだ、大したものだろう」

大岡は大袈裟にのけぞって笑った。

「そうですね、金吾親分は洒落もわかってらっしゃる」

「まあ、その組織図によれば『いろは四十八組』と、東側の本所深川を受け持つ十六組の合計六十四組。ひと組百五十名でも、総勢一万人を超える大組織だ。それをすべて鳶にするというわけにはいかぬが、この案を基に火事の少ない夏に第一次の組織替えを行なうつもりなのだ」

大岡は摘んだ徳利を金吾にも差し出した。

「御奉行様、町火消しのことはそれで結構ですが、上様は火事のときに家財道具を持って逃げ出すことを禁じ、木戸番の取締もきつくしたでしょう。あれはなんとかならねえんでしょうか」

金吾がいった。

「そうだな、火付けを見逃したら、名主や五人組まで処罰するというのは連座制よりもひどい。儂も行き過ぎと思っているのだ」

「火事と喧嘩は江戸の華なんていいますが、これだけ火事が多い江戸では火付けの取締や町火消しより、燃えない町造りが先じゃねえんですかね」

「そうだな。先生、吉原ではどうしておるのだ」

大岡はいきなり虎庵に話を振った。

「吉原じゃ、世を儚んだ遊女たちが、見世に火を放つなんてことは日常茶飯事で、何度も丸焼けになってますからね」

「そうだろうな」

「まず建物はすべて瓦を葺いて、部屋のいたるところに燃えにくい桐を使ってます。あとは見世の者が昼夜関係なく見廻りをすることで、火事の早期発見につとめる。ようするに、火が小さい内に消しちまうしかねえんですよ」

虎庵の説明に、金吾が大きく頷いた。

「上様が将軍になられたのが享保元年八月だ。それから四月後の十二月十六日、橘町で出火した火は浜町までを焼き尽くした。その十日後、駿河台から出た火が湯島天神裏まで焼き尽くし、さらに年が明けた正月二十二日、小石川からの出火は神田一帯を焼き尽くして、日本橋、本所にまで広がり焼き尽くした」

腕組みした大岡は天井を仰いだ。

「あの時は旗本屋敷や大名屋敷も焼けまして、火はお城にまで迫りました。噂では上様みずから先頭に立ち、消火につとめられたと聞いておりやす」

金吾が合いの手を入れた。

「神田橋、鍛冶橋が焼け落ち、幕府の評定所や七十を超える大名屋敷が焼けた。しかも翌日、再び赤坂から火災が発生し、音羽、護国寺までを焼き尽くした。おかげで火事の復興にかかる予定外の出費が重なり、幕府の財政をさらに悪化させたのだ。そんな火事が毎冬続けば、当然、上様だって江戸の火への弱さを、なんとかしようと思われているのだ」

「本当に、それだけなんですかね」

呟くようにいった虎庵のひと言に、大岡が目を剥いた。

「先生、それだけとはどういう意味だ」

「なあに、江戸が焼けて上様は困るでしょうが、江戸が燃えるのを見て喜んでいる連中がいるのも確かじゃねえですか」

とぼけた虎庵の顔は笑っているが、大岡を見据えた目は真剣だった。

「虎庵先生、喜んでいる連中ってのは、材木屋と大工のことですか」

金吾が眉根を寄せていった。

「親分、いま御奉行様が説明してくれるよ」

ふたりのやりとりを聞いていた大岡は、虎庵にも徳利を差し出した。

「さすがは風魔の統領、すべてはお見通しか」

「そういうわけじゃねえですが、前に御奉行様が尾張様の話をされていたでしょう」

「尾張様？」

金吾が訝しげに虎庵を見た。

「そんなことを話したかのう」

「御奉行様、おとぼけは無しですよ。尾張様が江戸の防火対策として、大名屋敷に遠州瓦を使うように上奏したとかいう話ですよ」

「それがどうかしたのか」

「なあに、たいしたことじゃありませんが、確か遠州からきた職人たちが江戸入りした際に、御奉行様と幽斎殿が立ち会ったはずですよね」

「ああ、遠州の瓦屋が南町奉行所にきたときのことか」

「上方から商人や旅芝居の連中が江戸入りしても、幽斎殿や御奉行様が出張ることはねえでしょう。妙な話だなと思ったんですよ」

大岡は一瞬で顔色を変え、右手で顎下をなで回して髭の剃り残しを探し始めた。

大岡が困ったときの癖だった。

「ゆ、幽斎殿がなにか申したのか」

「そんなわけねえでしょう」

「ならば、なぜ……」

「上様が将軍になって以来、たしかに江戸は相変わらず大火に見舞われました。だがなぜか、市ヶ谷や内藤新宿は火事の被害にあっていねえ。そうだろ、金吾親分」

「へえ、確かに内藤新宿界隈は火災を免れていやすが、それがなにかあるんですか」

「市ヶ谷の上屋敷、戸山の下屋敷、西大久保の中屋敷といえば……」

「尾張様……ですか」

金吾はあえて小首を傾げた。

「わからねえ男だな。つまり上様はだな、相次ぐ火事の裏に尾張……」

「それ以上は申すなっ！」

虎庵の言葉を遮るように、大岡が声を荒らげた。

「ま、まさか……」

金吾がわざとらしくいった。

「ふたりとも、ここでの話は一切他言無用。よいな」

大岡はそれだけいうと金吾の書いた組織図を懐に納め、そそくさと部屋を出た。

金吾が部屋の窓を少しだけ開け、二階から店の玄関先の様子を確かめた。

「御奉行様は店を出られましたぜ」

「そうか。それにしても大岡越前、わかりやすい男だな」

「もの凄え剣幕でしたね」

「大岡越前という男はな、上様が認めたとおりの大した才人なんだ。だが真面目すぎるがゆえに、嘘がつけねえときてる。だからいきなり正面から、本当のことをぶつけられるとああなっちまうのよ」

「そうですよね、上様が尾張様を火付けの犯人として疑っているなんて、口が裂けてもいえねえですもんね」

　金吾が虎庵に徳利を差し出した。

「八代将軍の座を争った上様と尾張の確執は、それほど根が深いということよ」

「天下人ってのは、そんなにいいもんなんですかね。俺なんか、たかだか二千人の子分でも手にあまるってのに」

「金吾親分は江戸一番の大親分になったんだろ。やっぱり将軍様みたいに、美女を何十人もはべらかす、大奥なんてものを作ったのかね」

「虎庵先生、悪い冗談はよしてくださいよ。女はうちにいるバケベソ女房だけでたくさんです。それにヤクザの世界は将軍様のように、親分の倅が次の親分になる世襲じゃありやせんからね、ガキをたくさん作ったところで、米びつが空になるだけなんですよ」

「ほう、ヤクザは偉えな。親分は身分や家柄ではなく、あくまで実力で決めるということだろう」

「そうでもありませんよ。現に内の先代みたいな外道が、親分に選ばれちまうのもヤクザの世界なんですから」

　金吾は自嘲気味に笑いながら、徳利を差し出した。

四

その晩、幽齋は養生部屋で寝ている孝次郎の寝床の脇で、寝ずの看病を続けた。

虎庵と愛一郎も万が一の状況に備えて眠らずにいたが、幸いなことに孝次郎は危惧していた発熱もせず、無事に朝を迎えることができた。

幽齋が孝次郎の額を冷やしていた手拭いを替えようとしたとき、掛け布団がわずかに動いた。

「父上」

「孝次郎、目覚めたか」

「はい、久しぶりに気持ちの良い目覚めです」

「脚の具合はどうだ」

「ズキズキとしていた痛みが消え、ほら、脚を動かせます」

孝次郎が興奮気味にいうと、布団の足下あたりが蠢いた。

「それは良かった。後で虎庵先生に、しっかり礼をいうのだぞ」

「はい」

孝次郎は心細げに返事をした。

「いかがした。どこか痛むのか」

「いえ、じつは……」

「なんだ、有り体に申せ」

「はい、小便がしたいのです」

「しょ、小便か……」

昨日、虎庵から聞いた話では、下手に動かせば傷口が開くかもしれないので、絶対安静ということだった。

幽齋がどうしたものかと思案していると、養生部屋の入口の障子が開いた。

「幽齋殿、膝は曲がらぬよう、添え木で固定してあるから大丈夫だ。そのまま厠まで抱えていって差し上げるといい」

「左様か。それではっ」

幽齋は軽々と孝次郎を抱きかかえると、厠へと向かった。

虎庵は父親丸出しの幽齋の背中を笑顔で見送り、奥の座敷に向かった。

庭では小田原屋の印半纏を着た佐助と、着物の裾を端折った亀十郎が枯葉の掃除をしていた。

ふたりとも風魔の若手幹部で、佐助は吉原の総籬《そうまがき》小田原屋の番頭頭、亀十郎は兄貴分の仁王門の御仁吉が、下谷広小路で営む『十全屋』という口入れ屋の用心棒なのだが、虎庵は警護役として屋敷内に同衾するように命じていた。

「先生、おはようございます」

佐助が挨拶する脇で、亀十郎が大あくびをした。

戦国の野武士を思わせる下駄顔が大口を開け、細い目がますます細くなった。

「ふたりともご苦労だな。で、どうだ」

「どうだって、なにがですか」

佐助は小首を傾げた。

「おいおいおい、なにがはねえだろう。ふたりとも女房を娶ってひと月もたっていねえんだからよ。さぞかし嫁を可愛がりすぎて、腰がたたねえんじゃねえかと気遣ってやってるんじゃねえか」

二十日ほど前、虎庵が立会人となって、佐助は良仁堂の看護手伝いのお雅、亀十郎は下女のお松と祝言を挙げたばかりだった。

「いえ、腰の方はこのとおりです」

にやつく亀十郎の脇で、くそ真面目な佐助が腰をグルグルと回した。

「佐助、俺はお前の何だ？」

「お頭に決まってますが、どういう意味ですか」

無口で堅物の佐助は、本来なら「お頭です」のひと言しか口にしない。

それが、やけににこやかで口数が多くなったのは、それこそ女房の影響だった。

「そうだ。俺はお前たちのお頭で、お前ら夫婦の立会人様だ。佐助は香港生まれの超美人、亀十郎は品川一の太夫を嫁にしたんだから、俺に少しくれえ面白え話を聞かせてくれても、バチは当たらねえんじゃねえか」

虎庵は理屈にならない理屈で口を尖らせた。

「面白い話といわれましても……なあ、亀十郎」

佐助と亀十郎は、顔を見合わせて小首を傾げた。

「じゃあ、訊くが、男が嫁を娶るのはなぜだ」

「そりゃあ、子作りにきまってます」

「そうだ、じゃあ訊くが、ちゃんと子作りに励んでいるんだろうな」

「はい、毎日朝晩の二回、しっかりと励んでおります」

亀十郎が、妙に明るい笑顔で答えた。

「ま、毎日二回だとう？　そうかいそうかい、そいつは結構なことでございますねえ。訊いた俺が馬鹿だったよ」

どこかしまりのないふたりの顔を見た虎庵は、呆れて長椅子に寝ころんだ。

するとそこに、孝次郎に小用を終えさせた幽斎が現れた。

「なんだか目出度そうな話をされてましたな」

「あれ、幽斎様、いつおみえになったんですか」

佐助が訊いた。

「バーカ、幽斎殿はな、昨夜から、養生部屋のお殿様に付き添って、寝ずの看病をしていたんだよ」

「そういうことでしたか」

佐助は申し訳なさそうに頭を掻いた。

そこに虎庵の一番弟子の愛一郎が、たすき姿で廊下に現れた。

愛一郎ももちろん風魔で、上海から江戸に戻ったばかりの虎庵に風魔の長老たちが差し向けた監視役だった。

愛一郎は小太りで身の丈五尺あまりと小柄で、初めて虎庵の目前に現れた時には、月代に鼠の尻尾のような本田髷を載せ、裾を引きずる長羽織を着た、筋金入りの傾奇者だった。

良く動くクリクリとした瞳が愛らしい男だが、虎庵の弟子になった今は頭を青々と剃り上げていた。

物覚えも良く、実直な性格と旺盛な向学心で蘭学医術を次々と吸収し、患者たちからは若先生と信頼されるまでに成長していた。

「先生、朝餉の支度がととのいました」

「ご苦労さん。愛一郎、殿様の朝餉はどうなっている。ちゃんと尾頭付きの膳を用意してあるだろうな」

「虎庵殿、気遣いは無用だ」

長椅子に腰掛けた幽齋が、恐縮していった。

「はい。あいにく当院には腹開きのアジの干物しかございませんで、お武家様に出すには不吉かと思い、昨日、お松さんに日本橋の魚河岸で立派な尾頭付きのイワシの干物を買ってきていただきました。もう、お松さんがお給仕に伺っております」

愛一郎は見たこともない幽齋の恐縮振りに、珍しく軽口を叩いた。

「うむ、ぬかりはないようだ。それじゃあ朝餉にするか」

虎庵は庭先にいる佐助と亀十郎にいうと、朝餉の膳が用意されている隣の部屋に向かった。

何の変哲もない、いつもの平和な朝だった。


虎庵は食事を終えると、居室に戻った佐助と亀十郎、愛一郎の三人に、長椅子に並んで座るように命じた。

そして幽齋に、孝次郎の一件を話してくれるように頼んだ。

快諾した幽齋が、淡々と語り始めた奇跡とも思えるできごとに、三人は何度も頷きながら溜息をついた。

「どうだ、目出度い話だろう。俺たちも殿様の強運にあやかって、祝い酒といきたいところだな」

虎庵は酒を飲む振りをした。

「先生、この江戸は将軍が代わって以来、町民にまであれするなこれするなと、なんだかギスギスした世の中になっちまったでしょ。吉原じゃあ、生類憐れみの令をのぞけば、五代綱吉様の世は楽しかったと懐かしむ者が多いんです。でも、幽斎様の話を聞いていると、上様もまんざら話のわからねえお人じゃねえみたいですね」

佐助が珍しく長目に話した。

「佐助、紀州藩薬込役の部屋住みから、一万石の大名に転身というのは確かに奇跡のような話だ。だが孝次郎さんは、本当に幸せだと感じられてるのかな」

話の腰を折った亀十郎は、爪楊枝をガシガシと噛みながらいった。

すると佐助が愛一郎に訊いた。

「愛一郎、明日からお前が風魔の統領といわれたら、お前ならどう思う」

「私が明日から統領？　お断りしますっ！」

愛一郎は眼前で大袈裟に手を振った。

三人のやりとりを黙って聞いていた虎庵が口を開いた。

「お前たちは足高《たしだか》というのを知っているか?」

「わたしら町人には関わりのねえことですが、たしか上様が有能な人材を登用するために定めたものでしょう」

答えたのは佐助だった。

「さすがだな。武士の世界ってのはな、その人の能力より家格や家禄がものをいう世界なんだ。例えば大岡越前が任命された町奉行職も、本来は三千石以上の旗本でなければなれねえのが幕府のしきたりだった」

「大岡様の禄高は三千石じゃねえんですか」

「ああ、本当は千七百石なんだが、上様は足りない一千三百石を在任中に限って支給することで三千石にし、有能な人材を登用できるようにしたんだ」

「それが、足高ですか」

「そういうこと。これは推測だが、孝次郎さんを大名に取り立てたのも、下級武士であろうと有能な人材なら取り立てる、上様の治政を全国に知らしめようってことのような気がするぜ」

「てえことは、殿様は上様も認める、とんでもねえ才人ということですね」

「そういうことだ。今の世の中、武家の次男や三男なんて、長男に万一のことが起きたときの予備だ。商人なら出店を任したり、のれん分けなんて手もあるんだろうが、同じ兄弟なのに嫡男が家督を継いだ途端、用無しってのは辛えもんだぜ」

虎庵がそういって短めの煙管を咥えたとき、庭先になんとも澱んだ気が漂った。

嫌な予感に庭先に視線を投げると、案の定、これみよがしに十手で首筋を叩きながら、口をへの字にした男がたたずんでいた。

男の名は木村左内、江戸南町奉行所の与力だ。

身の丈五尺七寸と大柄だが、それを隠すようにいつも背中を丸めている。

性格はきわめて悪いが、顔立ちは目鼻立ちの整った中々の色男だ。

「紀州藩の薬込役の部屋住みから大名とは、羨ましい話だねえ」

「なんだ、立ち聞きしていたのか」

「先生、人聞きの悪いことをいいなさんな。たまたまとおりかかったら、聞こえちまっただけのことじゃねえか」

「ここは人様の屋敷の庭だぜ。とおりかかる場所じゃねえだろうが」

「ま、そりゃそうか。そんなことより、面白え話を聞かせてやろうと思ってきたんだが、お邪魔みてえだな」

左内は幽斎の顔を見て、わざとらしくいった。

「そう思うなら、とっとと帰ればいいじゃねえか」

「先生、そう冷てえことをいうなよ。わかった、教えてやるよ。じつは二日ほど前、横浜に大量の死体が流れ着いたんだ」

「大量の死体？　それがどうした」

「だいぶ前に殺されたみてえで、腹はぱんぱんにふくれあがり、肉もとろけちまって、男か女かもわからねえくらいに腐乱していたそうだが、それが三十七体だぜ」

「船が難破でもしたんだろう」

「船が難破したなら、死体の首がちょん切られたり、派手な刀傷はできねえだろ」

「じゃあ、海賊の仕業、それでどうだ」

虎庵は呆れ気味にいった。

「まあ、俺もそんなところだと思ってるんだがな」

「身元がわかるような物は、みつからなかったのか」

「これと同じお守りが三つ見つかっただけだ」

左内は守り袋を虎庵に投げた。

「赤尾《あかお》……渋垂《しぶたれ》……。わからねえ、幽齋殿は読めるかね」

虎庵は守り袋を幽齋に渡した。

「郡に辺で、郡辺《こうべ》神社かな。どこかで聞いた地名だが、思い出せぬ」

「ほう、あかおしぶたれこうべ神社か。てえことはやっぱり播州の……」

左内は呼ばれもしないのに、縁側に腰掛けた。

「ばーか、播州の赤穂は、赤に稲穂の穂と書くんだよ」

「さすがに先生は頭がいいねえ。まあいいや、そいつを返してもらえねえかな。俺も奉行所に戻って調べてみるからよ」

左内がいうと、幽齋が持っていた守り袋を投げた。

「おおっと、それじゃあ、俺はこれで失礼するぜ」

左内は妙に軽い足取りでその場を去った。

「あんなに重要な遺留品を持っていながら、まるで他人事のように事件を話すとは、面白い与力だな」

幽齋がいうと、虎庵は口に含んだ茶を噴き出しそうになった。

「あいつが顔を見せると、ろくなことがねえんだ。面白いどころか、とんだ疫病神だぜ」

虎庵は妙な胸騒ぎに、庭先の左内がいたあたりを振り返った。

五

それから二日が経った。

孝次郎が若いせいか縫った傷口の経過も良好で、昨夜のうちに脚の添え木を外すことができた。

早朝、虎庵が縁側にいくと、すでに幽斎と孝次郎が腰掛けていた。

「無理をなさらねえでくださいよ」

背後から声をかけた虎庵は、孝次郎の右隣に腰掛けた。

「虎庵先生、良い天気ですね」

手術から三日、さすがに孝次郎も虎庵や良仁堂の面々に慣れていたが、その素直で利発な姿に、良仁堂の面々は魅入られていた。

「孝次郎さん、寒くはありませんか」

「今はまだ二月、朝が寒いのは当たり前です。養生部屋の床の中にいれば温かいけれど、それでは季節もわかりません。私は紀州で、床の中にいても季節がわかる暮らしになれておりますから……あ、父上、申し訳ありません……」

軽い気持ちでいったひと言だったが、孝次郎は慌てて語尾を濁らせた。

「孝次郎さん、大名になった気分はどういうもんですか。正直なところを教えちゃいただけませんか」

虎庵が話題を変えた。

「我が高富藩は、石高一万石の小藩です。しかも家老の野々村九郎右衛門によれば、実質石高は九千石を割る貧乏藩なのです」

「ふーん、ならば新藩主として、なにを最初になさるつもりですか」

「新田開発に殖産興業、やるべきことは多いと思いますが、まずは領内を歩き、自分の目で実態を確かめたいと思います」

「父上に教わったのですか？」

「いいえ、自分で考えました」

孝次郎は眼をキラキラと輝かせながらいった。

「上様は鷹狩りがお好きなようですが、孝次郎さんも鷹狩りをされますか」

「虎庵先生、上様の鷹狩りは趣味というより、旗本たちの軍事教練のようなものと聞き及んでおります。私が領国でそれを真似たら、謀反を疑われるだけです」

幽斎は長男より次男の孝次郎のほうが、才に恵まれているといったが、どうやら間違いはなさそうだった。

「幽斎殿、孝次郎さんは聡明で、良い殿様になりそうですな」

「そうだといいのですが……」

幽斎は孝次郎の肩を抱いていた腕をほどいた。

するとそこに、突然、木村左内が現れた。

「よっ……」

孝次郎の姿を見た左内は、バツが悪そうに横を向いた。

「孝次郎、お客様のようだ。養生部屋に戻るぞ。木村殿、失礼する」

幽斎は軽々と孝次郎を抱き上げ、養生部屋に向かった。

「先生、あれが、奇跡の殿様か？」

幽斎の背中を見送った左内がいった。

「そうだよ。ずっと部屋から出られずにいた殿様が、やっとお天道様の陽を浴びられるようになったってのに、なんで邪魔しやがる」

虎庵は明らかに不機嫌だった。

「いや、そんなつもりはなかったんだ。ただ……」

「ただ、どうしたんだ」

「この前見せた守り袋……」

「赤尾渋垂郡辺神社のか」

「ああ、あの神社は遠州袋井にあるそうだ」

「いきなり遠州袋井といわれても、ああそうですかとしかいえねえじゃねえか」

「それならそれでかまわねえ。それより奇跡の殿様だが、確か高……」

「高富藩一万石だよ」

「そうだ、やっぱり高富藩だったよな。やばいな……」

縁側に腰掛けた左内は、わざとらしく虎庵から視線を外した。

「なにがやばいんだよ。もったいぶりやがって」

　虎庵は左手に腰掛けた左内の肩を小突いた。

「それが昨日のことなんだが、極楽香を吸ってヘロヘロになった浪人者が、本所で捕まったんだ」

「極楽香って、あの極楽香か」

「そうだ、阿片の混ざった香だよ」

　極楽香はひと月ほど前、品川宿一番の引き手茶屋「芝浜屋」を本拠に、吉原乗っ取りを企んだ大坂のヤクザが、清国のお香と称して江戸に持ち込んだ。

　南町奉行の大岡越前から、その極楽香がいつのまにか、吉原で販売されていることを知らされた虎庵は配下に命じ、すぐさま密売の本拠地「白菊楼」を急襲し、主と番頭を北町奉行所に引き渡した。

　しかも「白菊楼」の主と番頭が捕縛されるや、「芝浜屋」の番頭たちが大量の極楽香を本所の武家屋敷と、雑司ヶ谷の骨董商夢幻堂に運び込んだことを突き止めた虎庵は、すべてを大岡に報告した。

　だが、なぜか奉行所は「白菊楼」の主と番頭を断罪することで、極楽香の一件を落着とした。

「極楽香には品川宿一番の引き手茶屋「芝浜屋」、本所の武家屋敷、雑司ヶ谷の骨董商夢幻堂が絡んでいることを教えてやったのに、末端の白菊楼を処断しただけで事件に蓋をしたのは奉行所だろう。奉行所が臭いものに蓋をするのは、いまに始まったことじゃねえし驚きもしねえが、ふたたび極楽香が出回っているとなりゃ、大岡様もさぞかし慌てているんじゃねえのか」

「それがそうでもねえんだよ。なにしろ捕まった浪人は、誰から買ったのかすぐに吐きやがったし……」

「ほう、誰から買ったんだ」

「それが……」

「なんだ、鬱陶しい野郎だな」

「高富藩の杉村輝正という、勘定方の藩士と中間の男だ」

「た、高富藩だと」

「ああ、すぐに評定所の指示で奉行所の内与力が、千駄ヶ谷にある高富藩の下屋敷に行くと、中間部屋で太助という中間が斬り殺され、杉村が腹を切っていたそうだ」

「その話、間違いねえんだろうな」

「間違いもなにも、この前盗み聞きしちまった詫びのつもりで、わざわざ教えにきたんじゃねえか」

「なんてこったい……」

虎庵はガックリと肩を落とし、奥歯をギリギリと噛みしめた。

「それじゃあ、俺は帰るからな。またなにかわかったら知らせに来る」

意気消沈する虎庵の姿を見た左内は、逃げるようにその場を去った。

虎庵は午前の診療を愛一郎に任せ、すぐさま屋敷を飛びだした。

虎庵はあてがあって出かけたわけではなく、左内から聞いた話を幽齋にどう伝えればよいのかわからず、屋敷を飛び出すしかなかった。


留守にした虎庵が屋敷に戻ったのは、昼の四つ半（午前十一時）のことだった。

不忍池を眺めながら考えてはみたものの、妙案など浮かぶはずもなく、昼には高富藩の家老たちが来ることを思い出し、慌てて戻ってきたのだ。

虎庵が奥の居室にいくと、孝次郎は縁側に腰掛け、幽齋は長椅子に身を沈めていた。

「孝次郎さん、そろそろ御家老たちが、おみえになる頃ですね」

「はい、だからここに来ました。養生部屋で寝ている姿より、こうしている方が、野々村たちも安心するかと思いまして」

「それはいい心がけですね。元気な孝次郎さんの姿をみれば、御家老たちも安心しますよ」

虎庵がそういって幽齋の向かいに座ると、佐助が姿を現した。

「先生、たった今、高富藩の使いがこれを幽斎様にと……」

佐助は虎庵に書状を差し出した。

「そうか」

虎庵は受け取った書状を幽斎に渡した。

幽斎はすぐに書状を開いた。

「なにやら藩邸でもめ事が起きたとかで、今日は来れぬそうだ」

幽斎はそういって立ち上がると、書状を孝次郎に渡した。

「仕方がありませんね。それじゃあ父上、養生部屋に戻りましょうか」

「うむ」

幽斎は孝次郎を抱きかかえた。

「幽斎殿、孝次郎さんを運んだら、ちょっと付き合ってもらえませんか」

虎庵が幽斎の背中に声をかけた。

いつまでも左内から聞いた話を、隠しておくわけにはいかなかった。

「わかりました。すぐ戻りますので」

幽斎はそういって頭を下げると、孝次郎を抱き上げて養生部屋に向かった。

ほどなくして戻った幽斎を誘い、虎庵は下谷広小路にある行きつけの居酒屋に向かった。

「昼間からなんですが、一杯。付き合ってください」

虎庵はそういって居酒屋の縄暖簾を両手で割り、奥の小上がりに上がった。

すぐに銚釐《チロリ》と茶碗が運ばれ、虎庵は酒を満たした茶碗を幽齋に差し出した。

そして今朝方、左内から聞いた話のすべてを幽齋に打ち明けた。

「虎庵殿、その話に間違いはないのだな」

幽齋はそういって、一口だけ酒を飲んだ。

「左内はとぼけた野郎だが、嘘をいうような奴じゃない」

「なぜ高富藩の勘定方が、極楽香の販売などに手を染めたのだ」

「孝次郎さんの話では、藩財政はかなり苦しいようだ。魔が差したとしか……」

虎庵は正直に答えたが、茶碗の酒を飲む気になれなかった。

「虎庵殿の話では、確か極楽香事件の裏に、尾張藩茶頭の小笠原宋易が絡んでいるはずだったと思うが……」

「そうだ。風魔の配下が雑司ヶ谷の夢幻堂と本所の小笠原宋易の屋敷に、極楽香が運び込まれたのを確認した。俺はその事実を大岡に伝えたのだが……」

「相手は御三家の尾張藩、余程の証拠を掴まぬ限り、いくら上様でも軽々には断罪できまい」

「尾張藩はともかく、少なくともあの時に小笠原宋易を追及していれば、今回の事件は起きなかったはずだ」

　虎庵には魔が差したとしか思えぬ高富藩の勘定方は、優柔不断な将軍と町奉行所の犠牲者としか思えなかった。

「虎庵殿、いささか気になることがあるので、それがしは寺に戻ろうと思うのだが、孝次郎のことをよろしく頼む」

　幽斎はゆっくりと、茶碗を口元に運んだ。

「水臭いことをいいなさんな。孝次郎さんは俺の患者だ。頼まれなくたって、面倒をみるのは当然でしょうが」

「かたじけない。それでは馳走になった」

　店の入口に向かう幽斎の背中には、不気味な殺気が青白い陽炎のように燃えたっていた。

　店に残った虎庵が追加の酒を頼もうとしたとき、慌てふためいた佐助が店に転がり込んできた。

「先生、大変です。さっき高富藩の連中が突然やってきて、殿様を駕籠に乗せて連れていっちまいました」

「愛一郎はなにをしていたのだ」

「あいつも必死で止めたんですが、殿様がもう大丈夫だといって、みずから駕籠に乗ってしまったんです」

佐助の説明に、虎庵は孝次郎が家老からの書状を読んでいたことを思い出した。藩邸でもめ事が起きたことを知れば、正義感の強い孝次郎が無理してでも藩邸に戻るのは当然のことだった。

「そうか、それじゃあジタバタしても仕方がねえ。佐助、一杯付き合え」

虎庵はそういうと、まるで怒っているように大声で酒の追加を注文した。

第二章　切腹

一

孝次郎が藩邸に連れ戻されて以来、良仁堂は火が消えたように暗かった。

あれから五日が経つというのに、幽斎とは連絡が取れず、木村左内も姿を見せなかった。

「愛一郎、そろそろ孝次郎の抜糸の時期だ。明日にでも高富藩の藩邸を訪ねてみるか」

縁側で酒を飲んでいた虎庵が呟いた。

すでに四つを過ぎ、佐助と亀十郎はそれぞれの女房が待つ自室に引っ込み、愛一郎だけが相手をしてくれていた。

「そうですね……」

愛一郎が相づちを打とうとしたとき、あたりで半鐘が鳴り響いた。

すぐさま庭先に飛び出した愛一郎は、まるで野猿の様な素早さで屋根に上がった。

「先生、寛永寺の北側の空が赤く燃えています」

「寛永寺の北側って、幽斎殿の根来寺のあたりか？」

「さあ、そこまでは……」

「しょうがねえなあ」

虎庵が庭に下りようとしたとき、佐助が廊下を走ってきた。

「先生、火事場は道灌山の佐竹屋敷だそうです」

「佐助、道灌山ってのは、幽斎殿の根来寺より北側か？」

「はい、十町は北側です」

「そうか」

虎庵はそういうと、縁側に上がった。

「今夜は南風ですし、あのあたりは田んぼだらけですから、根来寺はもちろん、こちらに延焼する心配はありません。愛一郎、降りろっ！」

佐助が両手を口の脇に当てて叫んだ。

屋根から飛び降りた愛一郎は、猫のように体を丸め、音もなく着地した。

「先生、魔除けの鬼瓦なんて、あてにならねえもんですね。やっぱり屋根は、この屋敷みたいに銅葺きに限りますよ」

佐助は席に戻った虎庵に、徳利を差し出した。

「佐助、なんの話だ」

虎庵は佐助の真意がわからず、小首を傾げた。

「三日ほど前に風魔の鳶から聞いたんですが、公儀の命令とかで、佐竹様の下屋敷では、鬼瓦を遠州瓦に取り替えたそうなんです」

「尾張継友が大名屋敷の鬼瓦を遠州の鬼瓦に替えるのと、町屋の瓦葺きを上奏したという話は俺も聞いている。佐竹屋敷はそれで鬼瓦を替えたのだろう」

虎庵はそういうと、茶碗で佐助の酒を受けた。

「先生、尾張様にいわれたからって、上様は本当に町屋の瓦葺きなんて考えてるんですかね」

「本気みてえだぜ。町屋の瓦葺きが進んだ大坂や京では、火事が起きても江戸のような大火にはならないそうだからな」

「でも、上様は長屋の柱や梁の材木を見たことがあるんですかね」

「あるわけねえだろう」

「あんな安普請の家じゃ、屋根に土を敷いている最中に潰れちまいますよ。瓦葺きにしようってんなら、それ用の頑丈な家造りから始めなきゃ話になりません」

火事の多い江戸では、焼け出された人々が雨風をしのげる場として、早かろう安かろうの安普請住宅が突貫工事で建築されるのが常だった。

そしてその安普請住宅が次の大火の薪になるという、まさにイタチごっこを繰り返している。

将軍吉宗が本気で町屋の瓦葺きを進めるなら、いままさにその連鎖を断ち切るべきだが、現実には幕府の御金蔵は空っぽだった。

大名や町民にだけ、大出費をさせることになる瓦葺きなど夢のまた夢だった。

「佐助、お前さんのいうとおりだよ。上様って人はな、何をするにも自分に策があるわけじゃねえんだ。政の専門家を集めて、四十万両とかいわれる赤字を解消する幕政改革という命題を与え、妙案が出てくるの待つだけ。まあ、天下を治めるってことは、そういうこととは思うがな……」

小さな溜息をついた虎庵が、咥えていたスルメを食いちぎったとき、庭先に木村左内が幽霊のように現れた。

「なんだ、死んでもいねえのに、化けて出やがったか」

「先生、大変なことになっちまったぜ……」

左内は蚊の鳴くような声で呟いた。

「大変って、なにが大変なんだ」

「高富藩主に、切腹の沙汰が下りちまったんだよ」

「孝次郎に切腹だと？　手めえ、間違いだったら許さねえからな」

縁側から飛び降りた虎庵は、腰が抜けたようにその場でくずおれた左内の頭上を飛び越した。

虎庵の草履を懐にした佐助が、慌ててその後を追った。


四半刻後、一目散に走ってきた虎庵と佐助が根来寺の山門を潜った。

「幽齋殿！　幽齋殿！」

虎庵は両膝に手をついて、背中で息をしながら叫び続けた。

しかし根来寺の本堂も母屋も、明かりが消えて人の気配はない。

虎庵は本堂への階段を駆け上がり、木戸を思い切り引いた。

だが木戸には閂がかけられているようでビクともしない。

それを見た佐助がすぐに母屋に走ったが、入口の木戸は開かなかった。

「佐助、仕方がねえから、南町奉行所に行くぞ。山門を下りたところの新堀の河岸に寺の猪牙《ちょき》があるはずだ。用意を頼む」

「はい」

佐助はすぐさま山門に向かった。

ようやく息が整った虎庵は、もう一度、幽斎の名を叫んでみたが、やはり反応はなかった。

仕方なく根来寺を後にした虎庵は、佐助が用意した猪牙に飛び乗った。

「佐助、南町奉行所といいてえところだが、こんな時刻に行ったところで御奉行に会えるわけもねえ。屋敷に戻るぜ」

「先生、殿様はどうなっちまうって、切腹の沙汰が下りちまった以上、腹を切らなきゃならねえ。それが侍の世界なんだよ」

「どうなっちまうんですか」

「切腹って、正座しなきゃならないんでしょ。殿様はあの膝で、正座なんてできるんですかね」

「馬鹿野郎、俺は切腹させるために、孝次郎の膝を治したわけじゃねえっ！」

虎庵はそういって猪牙から飛び降りると、音もなく闇に消えた。

泥酔した虎庵が、千鳥足で屋敷に戻ったのは明け方だった。

佐助と別れてから、偶然見つけた谷中の居酒屋に飛び込み、浴びるように一升酒を飲んだものの、酔いはいっこうに回らぬまま閉店を迎えた。

虎庵は居酒屋の親父から二升徳利で酒を買い、それを飲みながらたどり着いた池之端で腰を据えた。

それからどれだけの酒を飲み、どうやって良仁堂に戻ったのか、虎庵にはまるで記憶がなかった。

明け方、良仁堂の門前で大の字になった虎庵を見つけたのは愛一郎だった。

「佐助、亀十郎、先生が大変だ」

愛一郎の声に、佐助と亀十郎が門前に飛び出すと、愛一郎が必死で虎庵を起こしていた。

「愛一郎、下がっていろ」

亀十郎が虎庵の上体を起こして両脇に腕を差し込むと、佐助が両脚を抱え込んだ。

「佐助、お頭はどうしちまったっていうんだ」

「どうもこうもねえよ。いいからさっさと運んじまおうぜ」

佐助たちは、ここまで取り乱した虎庵の姿を見たことがなかった。

幽齋の次男孝次郎に切腹の沙汰が下されたのだから、虎庵が取り乱すのも当然なのかもしれない。

だが佐助には、虎庵が口にしない別の理由があるとしか思えなかった。

一方その頃、本所一つ目橋近くにある小笠原宋易の屋敷の大広間には、三十人ほどの男たちが集まっていた。

「道灌山の佐竹様の下屋敷、あっという間に炎に包まれ、盛大な焼けっぷりだったそうやな。伏見屋さん、どんな手を使うたんや」

宗匠頭巾を被った小笠原宋易は、一本だけ前歯の抜けた口を手で隠し、野卑な笑い声を上げた。

小笠原宋易は尾張藩の茶頭だが、本業は雑司ヶ谷にある夢幻堂を経営する骨董商だ。夢幻堂を拠点に、素性のわからぬ怪しげな土器を、京の公家の蔵から流出した秘宝と称して高値で売りつける詐欺師だ。

「宋易殿、席をはずしてくれぬか」

尾張藩甲賀組組頭の景山無月は、有無をいわせぬ迫力でいった。

あえて殿をつけて呼んではいるが、無月の態度も表情も、完全に小笠原宋易を見下していた。

「はいはい、それでは失礼させていただきます」

小笠原宋易は、三十人を超える男たちの鋭い視線を全身にうけると、小声で「誰の屋敷と思うとるんや」と聞こえよがしに呟いて席を立った。

無月は小笠原宋易の気配が、完全に消えるのを待って口を開いた。

「伏見屋、見事だった。あれが丹波黒雲党の秘術か」

「秘術というほどのことではありませぬ。その昔、先祖が織田信長の安土城に仕掛けた技を使ったまでのこと」

「安土城？　差し支えなければ教えてくれぬか」

「かまいませぬ。我ら丹波黒雲党では火龍と呼んでいる縄がありましてな、この縄には火薬と硫黄を練り込んであります。この縄のどこにでも火がつくと、猛烈な勢いで燃え広がり、炎が燃え続けるのです。今回は鬼瓦を交換した際に、屋敷の屋根裏に張り巡らしとりますんや」

伏見屋はそういって頷いた。

「なるほど、それであのような激しい炎が、同時多発的に燃え上がったのか。恐ろしい縄よのう」

「景山様の方の、首尾はいかがです」

「ふふふふ、ぬかりはないわ。根来衆首領津田幽齋の次男を高富藩主に据えたことは、あっという間に全国の下級武士の間で話題となり、吉宗は鼻を高くしておった。ところが高富藩士の極楽香密売が発覚するや、吉宗は非情にも、その高富藩主に切腹を命じおった。すべて我らが案じた一計とも知らずにな」

無月は満足げに、右の口角を上げた。

「下級藩士の不始末を、藩主に一命をもって償わせるとは、吉宗には武士の統領としての資質が微塵も感じられませんな」

「自分の独断でやった嘘のような大抜擢だけに、過剰な責任追及をせざるをえないのだ」

「しかしこれが前例となれば、大名など全員首が飛ぶのではないですか」

「ああ、今は誰も動かぬが、いずれ城内で吉宗の失政という声がわきあがるはずだ」

「そうなれば津田幽齋と根来衆は、吉宗に対して疑心暗鬼にならざるをえませんな」

「高富藩主の膝を治療した風祭虎庵と風魔もな。聞くところによると、風魔は大権現家康様との密約を交わす際に、将軍であろうと義無き者と判断すれば、容赦なく天誅を下せと命じられたそうだ。ここで我らが仕掛けた、さらなる一計が現実のものとなれば、風魔が吉宗を始末してくれよう」

「さらなる一計とは気になりますな」

「簡単なことよ。世の中は吉宗の奢侈禁止令で景気が冷え込み、物が売れずに商人も青息吐息で借金まみれ。南北町奉行所はもとより、勘定奉行所や寺社奉行所にまで、借金にかかわる訴えが殺到し、幕府が相対済まし令を出したことは憶えておるな」

「あの令で借金問題が奉行所で受け付けられなくなり、京や大坂でも大騒ぎになりました」

「つまり幕府は三奉行所が、政には関わりのない借金問題に振り回され、まともな政をできぬ。だから三奉行所では借金に関わる訴えを受け付けぬと決めたのだが、それが結果として、幕府が借金は返さなくてもよいという、お墨付きを与えることになってしまった」

「それで、翌年には不当な借り方への訴えは、受け付けることとなったはずです」

「そのとおりだ。幕府は元より大名や旗本まで、莫大な借金がチャラになるとぬか喜びに終わったというわけだ」

「相対済まし令を反故にしようと西国の大商人も必死で、幕閣に莫大な金をばらまきましたからな」

「だがもしだ、借金にかかわる訴えを専門で受け付ける奉行所が新たに設けられるとなればどうなる」

「それは結構なことではないですか」

「そうかな。その奉行所に集められた借金の証文が、火事で焼ければ……」

「そ、それは……」

「そうなれば、風魔は吉宗を義無き将軍と判断せざるをえなくなり、吉宗の命も風前の灯火になりはせぬかな」

「景山様は、恐ろしいことを考えられますな」

「儂が恐ろしいわけではない。本当に恐ろしいのは、我ら尾張の上奏に、まんまと乗っている吉宗よ。さて、その方ら丹波黒雲党の実力のほどは十分にわかった。ついては次なる策だが……」

景山はおもむろに巨大な江戸の絵図を広げると、手にした扇子でとある一カ所を指し示した。

二

夕刻、ようやく目覚めた虎庵は、酒臭い息を吐きながら縁側に腰掛けた。

「先生、お水を用意しました」

佐助が水桶と柄杓を用意した。

「おう、気がきくじゃねえか」

虎庵は水桶を受け取ると、そのままゴクゴクと喉を鳴らしながら、浴びるように水を飲んだ。

「先生、昨夜は……」

「いいからなにも聞くな。聞かれたって、なにも覚えちゃいねえんだっ」

二日酔いで余程頭が痛いのか虎庵は両手で頭を抱え、佐助の言葉を遮るように声を荒らげた。

するとそこに着流し姿の南町奉行大岡越前が、見るからに顔を強ばらせて現れた。

「話はすべて左内から聞きましたぜ。江戸の名奉行が、しがねえ町医者になんの御用ですか」

ぬけぬけと姿を現した大岡を虎庵は憎々しげに睨んだ。

「虎庵先生、いい訳はせぬから、話を聞いてはもらえぬか。このとおりだ」

大岡は深々と頭を下げた。

「佐助、地下の間の用意をしてくれ」

「はい」

佐助はすぐさま床の間に駆け寄り、回転扉を押して奥に消えた。

「先ほど、美濃高富藩主加納対馬守殿が腹を召された」

「くっ、ま、間に合わなかったか……」

「介錯は津田幽齋殿がなされ、加納対馬守殿はきちんと正座をされ、見事な最期だったそうだ」

「やめてくれ、それ以上聞いたら、なにをするかわかりませんぜ」

虎庵が幽霊のように立ち上がると、回転扉の奥に消えた佐助が戻った。

「先生、用意ができました」

「ご苦労さん」

「茶はいかがいたしますか」

「いらぬ。お前さんはそこで、誰も入ってこねえようにしてくれ」

虎庵はそういうと、二日酔いとは思えぬ確かな足取りで地下の間へと向かった。

大岡も腰の大小を佐助に預けて後に続いた。

地下の間に続く廊下は、佐助が灯したランプの明かりで昼間のように明るい。

虎庵は巨大な卓の奥にある、統領の席に着いた。

大岡は虎庵の左手の席に着いた。

「話の前に、そもそもの事の起こりを教えちゃもらえませんか」

「事の起こり？」

「大岡様、なにをとぼけているんですか。紀州藩薬込役の部屋住みが、ある日突然、大名になっちまった事の起こりですよ」

虎庵は喧嘩腰だった。

「三月ほど前のことだ。尾張様の家老から御側御用取次役の有馬様に、美濃の高富藩主本庄安房守の行状がもたらされた」

「幕府に病気療養の届けを出して藩政をほっぽり出し、京で放蕩三昧の暮らしをしていたというやつですか」

「そうだ。その話を聞いた有馬様はすぐさま京都所司代に命じ、本庄安房守の行状を調べさせたのだ。二十日後に届いた調査書の内容は、尾張様の家老の話どおりで、有馬様から報告を受けた上様は怒り心頭に発し、すぐさま本庄家のお取り潰しと切腹を命じられたのだ。だがもうひとりの御側御用取次役の加納久通様が、上様に公家に通ずる本庄安房守の家柄を説明し、軽々に切腹やお取り潰しを行なえば、思わぬ筋から批判の矢が飛んでこぬとも限らぬと諭されたのだ」

大岡は両膝に手を置き、正面を見据えたままいった。

「思わぬ筋というのは、ずばり話を持ち込んだ尾張ですか」

「そういうことだ。加納様はひとまず本庄安房守に切腹の沙汰を匂わせ、高富藩に新たな藩主を据え、反省を促されてはいかがかと仰った。すると上様が、ならば津田幽齋の次男を加納様の養子にし、新藩主に据えよと命じられたのだ」

「加納様は反対しなかったのですか」

「無論だ。津田幽齋の根来衆は、将軍直属とはいえ実質的な命令はすべて加納様が下されていた。津田幽齋殿の功労を一番知っているのが加納様だからな」

「なるほどねえ……。それじゃあ、大岡様の話をうかがいましょうか」

虎庵は大岡の顔を見ずにいった。

「極楽香のことだ」

「極楽香って、俺たち風魔が、吉原の白菊楼の主と番頭を北町奉行所に引き渡した際に、大岡様には芝浜屋の番頭たちが、大量の極楽香を本所の武家屋敷と雑司ヶ谷の骨董商夢幻堂に運び込んだことをお教えしましたよね」

「にもかかわらず、それがしは白菊楼の主と番頭を断罪することで一件落着させた。その方もさぞかし不審に思ったはずだ」

正面を見据えていた大岡は、ようやく虎庵を見た。

「確かに。本所の武家屋敷の主が尾張藩の茶頭小笠原宋易であること、雑司ヶ谷にある骨董屋の夢幻堂も、小笠原宋易の店であることくらい、大岡様ならすぐに突き止められたはずですからね」

「そうだ。それを突き止めたからこそ白菊楼の主と番頭を断罪することで、一件落着させるしかなかったのだ」

「孝次郎は簡単に切腹させられたのに、いってる意味がわかりませんね」

「皮肉を申すな。将軍のお膝元の江戸で起きたご禁制の阿片売買。その背後に御三家の尾張藩の影がちらついているなど、上様が認められようはずがあるまい。そのようなことが表沙汰になれば、幕府と徳川家の権威は失墜し、倒幕の引き金になったとしても不思議はない。極楽香の事件は、それを逆手に取った尾張の罠とわかっているからこそ、無視するしかなかったのだ」

「ならば再び起きた、極楽香騒ぎをどう考えてるんですか」

「それも、尾張の罠だ。奴らは高富藩を人身御供にしてでも、極楽香騒ぎを表沙汰にしたいのだ」

「大岡様は、なぜ、そう思うのですか」

「高富藩主の件からして罠だったのだ」

「ますますわかりませんね」

腕組みをした虎庵はそういうと、大きな溜息をついて天井を睨んだ。

「上様はかねて、紀州藩でも秀才として名高い幽齋殿の次男が、部屋住みであることを不憫に思っていた。そこで御側御用取次役の有馬様を通じ、尾張と水戸に仕官の口がないか打診していたのだ。これが同じ御側御用取次役の加納様からの打診なら、尾張も水戸も裏を勘ぐっただろう。だが人情家の有馬様からの打診なら、得意のお節介焼きで通じると上様は思われたのだ」

「だが、それが裏目に出た……」

「そうだ。尾張は幽齋殿の素性を調べあげ、上様と根来衆の関係に気付いてしまったのだ。そして高富藩主の件を上奏する際、有馬様に幽齋殿の次男を有馬様の養子にして、高富藩主に任じるのも一興かと囁いたのだ」

「お調子者の有馬様がその囁きを上様に伝え、上様もそれに乗ってしまったというわけですか」

虎庵は幕府最上層部の、あまりに馬鹿げた虚《うつ》け振りに呆れるしかなかった。

「上様は禄高の低い下級武士でも、才があれば高官として登用できるように、足高を始められた。もし高富藩主に、下級役人の部屋住みだが、才に恵まれた幽齋殿の次男を据えれば、その話が全国に広まって優秀な人材が江戸に集まってくる。上様は単純にそう考えられたのだ」

人の思惑で作り上げられた奇跡など、裏を勘ぐられるだけと想像力を働かせられぬ吉宗の人間性に、虎庵は疑念を抱かずにはいられなかった。

「しかし大岡様、尾張の思惑どおりに津田孝次郎が高富藩主になったからといって、どうしてそれが罠なのですか」

「五日前、高富藩士が極楽香の密売にかかわり、中間を殺してみずからは切腹したことを知った幽齋殿が、それがしの元へ訪ねてこられた。そしてその方と同じように、あらためて事の経緯をつぶさに尋ねられたのだ」

「で、幽齋殿はなんと……」

「津田幽齋、一生の不覚、それだけいい残されて帰られた」

「ちょっと待ってください。幽齋殿は当然、極楽香の件で孝次郎に、切腹の沙汰が下された理由を訊いたはずですよね」

「もちろんだ。六日前、南町奉行所の定廻同心が、両国広小路で大暴れしている浪人をお縄にした。しかし、ただの酔っ払いとは思えぬ異常な態度を不審に思った同心が、番所で浪人を取り調べた際に、財布の中にあった極楽香の赤い薬袋を発見した。一刻後、正気を取り戻した浪人に極楽香の出所を問いただしたところ、すぐに高富藩下屋敷にいる勘定役の名と中間の名を吐いたのだ」

「すぐに吐いたのですか」

「ああ、異常なくらい簡単にな。同心から報告を受けた南町奉行所の内与力が評定所に届け、夜半過ぎに高富藩の下屋敷を訪ねたところ、中間は心の臓をひと突きにされ、勘定役は、脇差しを腹に残したまま事切れていた」

大岡は突然、右手で顎に剃り残した髭を探し始めた。

「妙ですね」

「なにがだ」

「人間、腹を一文字にかっ捌いたところで、そうそう簡単に死ねるもんじゃねえんですよ。よっぽど太い血管を切らぬ限り、三刻はのたうち回って悶え苦しむはずです」

「やはり、そういうことか」

「大岡様も、勘定役の死に様に不審を抱いたということですか」

「無論だ。この一件、あまりに話ができすぎではないか。しかも……」

「しかも、なんです」

「捕縛された浪人者は元勘定役の尾張藩士でな、公金横領の罪で藩を追われた過去を持っていた」

「極楽香を使って捕り方に捕縛され、高富藩士と中間から買ったと証言すれば、お前の息子の再仕官を許すとでもいわれれば……」

「あり得る話なのだ」

眉間に深い皺を刻んだ大岡は大きく頷いた。

「だがそこまでわかっているのに、なぜ上様は孝次郎に切腹の沙汰を下すなんて、酷いことを了承されたのですか」

「そこだ。上様は自分が目をかけて出世させたからこそ、汚点が見つかれば普通以上に厳しく処断せざるを得ない、そう考えられたのだ」

「ちょっと待ってください。だからって去年元服して就任したばかりの小僧大名に、藩士の無法の罪を一身に背負わせ、切腹はねえでしょう」

「それが武士の世界、その方も知らぬわけではないだろう」

大岡は剃り残しの髭をようやく見つけ、一気に引き抜いて顔をしかめた。

「大岡様、どうやら敵は本気のようだ。あんまり甘く見ねえほうがいいですぜ」

「どういう意味だ」

「大岡様が話した武士の理屈と将軍側近の戯け振り、武士同士ならそれも通じるんでしょう。でもね、我ら風魔は、風魔の義にもとる輩なら、それが将軍であっても天誅を下せと家康様から命じられたんですぜ。上様は手めえの思惑だけで、罪もない子供を大名に祭り上げておきながら、簡単に命を奪いやがった。上様は自分の責任をどう取るおつもりなんですかね」

瞳を妖しく光らせた虎庵は、完全に風魔の統領の顔になっていた。

「ちょっと待て。ば、馬鹿なことを申すな」

虎庵が口にした話が、洒落や冗談ではないことを察した大岡は、あまりの衝撃で椅子から転げ落ちた。

「なにが馬鹿なんですか。孝次郎を抜擢したことは、身分に関係なく才ある者を認めようという将軍の温情かもしれません。だが所詮は将軍の思惑で起こした奇跡、結果を見ればただのわがままと思えませんか。しかも、尾張にここまで露骨に挑発されているにもかかわらず、処断せぬのは将軍のご都合主義にすぎませせぬ」

「ま、まさか風魔は本気で上様を……」

怒りで顔面を紅潮させた虎庵は、大岡の言葉を遮るように両手で卓を叩いた。

「大岡様は、まだ気付かれませぬかっ！」

「な、なんのことだ」

「すべては風魔に吉宗様を抹殺させるための罠だということをっ！　それに倅の首を

討たされた幽斎殿の根来衆だって、徳川譜代の大名じゃありません。ここまでされりゃ、いつ幕府と反目に至ってもおかしかねえでしょう」

虎庵はそれだけいうと立ち上がった。

「こ、虎庵殿……」

呆然と尻餅をついたまま、虚ろな目で見つめる大岡を無視するように、虎庵は地下の間を飛びだした。

三

回転扉から飛びだした虎庵は、刀掛けから大小を掴んで叫んだ。

「佐助、幽斎殿の所に行くぞっ！」

「は、はい……」

赤鬼のように顔を紅潮させた虎庵の剣幕と迫力に、回転扉の前で控えていた佐助は不覚にもひるんだ。

「虎庵殿、その必要はありませんよ」

虎庵と佐助が庭先に目をやると、頭を奇麗に剃り上げた着流し姿の幽斎が、妙に爽やかな笑みをたたえてたたずんでいた。

「幽斎殿……」

「虎庵殿、上がってもよろしいかな」

「幽斎殿、ついてきてくれ。佐助、例の物を頼む」

虎庵は地下の間で腰を抜かしている大岡との接触を避けるため、幽斎を屋敷の一番奥にある書院に案内した。

すでに大岡から、幽斎が我が子の切腹の介錯をつとめたことを知らされていた虎庵は、端然と座している幽斎にかける言葉が見つからず途方に暮れた。

室内に重苦しい沈黙が流れる中、障子の向こうから佐助の声がした。

「先生、酒の用意ができました」

孝次郎が切腹を命じられて腹を切ったことも、幽斎がその介錯をしたことも知らぬ佐助は、いつものように明るい声でいった。

「佐助さん、あなたも一緒に飲りませんか。虎庵殿、かまいませんよね」

「え？　私もですか……」

佐助は戸惑いながら虎庵を見ると、大きく頷くのが見えた。

「よし、決まった。それではお願いなのですが、あとふたつ、膳と茶碗を用意してもらえぬかな」

佐助は沈鬱な虎庵の表情をみて、のっぴきならぬ状況を察した。

「か、かしこまりました。すぐにお持ちいたしますので……」

佐助はうわずった声で返事をすると、風のように部屋を飛び出し、すぐにふたつの膳を手にして舞い戻った。

「幽齋殿、この度は……」

「虎庵殿、やめましょう。これも孝次郎の運命《さだめ》、もはや過ぎたことです」

幽齋はそういって、虎庵に徳利を差し出した。

「あの、幽齋様、孝次郎の運命って……」

佐助が口を挟んだ。

虎庵はそんな佐助に、孝次郎の身に降りかかった不幸のすべてを説明した。

黙って話を聞いていた佐助はみるみる顔を強ばらせ、こめかみのあたりに青筋が浮かんだ。

「あっしがとやかくいえる立場にねえことはわかっております。でも幽齋様は、本当にそれでよろしいのですか」

佐助は妙に爽やかな笑みを浮かべ、孝次郎に手向ける酒を茶碗に注ぐ、幽齋の気持ちがわからなかった。

「よいとは申しておりませぬ」

幽齋は何刻前か知らないが、その手で我が子の首を打ち落とした。

佐助ならとても平常でいられない状況にもかかわらず、幽斎は淡々と答えた。

「佐助、お前はどう思う」

虎庵は佐助に徳利を差し出した。

「どうって、諸悪の根源は尾張継友。将軍様ができねえなら、俺たちが殺るしかねえでしょう」

「なぜだ」

「なぜって、すべては尾張藩の連中が仕組んだことなんでしょ。ならばその藩主を殺れば、すべて丸く収まるんじゃねえですか」

「そうかな。尾張継友を殺したところで、誰かが次の藩主になるだけで、今回の一件を仕組んだ奴らは新藩主の名のもとに、同じことを繰り返すだけじゃねえのかな」

「そ、それはそうですが……」

佐助はかしこまり、茶碗の酒を一口舐めた。

「佐助殿、此度の一件は、権力の座に胡座をかいてきた旧徳川宗家の家臣にそそのかされた尾張家と、新将軍徳川吉宗率いる新徳川宗家の覇権争いで、どちらにも義などありませぬ。孝次郎の不幸は、倅の思わぬ出世話に舞い上がり、尾張の謀略に気付かぬ虚けを父に持ったこと……」

幽斎は自嘲気味にいうと、孝次郎の陰膳に酒を満たした茶碗を置いた。

それが侍ゆえの諦めなのか達観なのか、佐助にわかろうはずもなかった。

「幽斎殿、本当にそう思われますかね」

「虎庵殿、本当もなにも、本音でござるよ。御側御用取次役の加納様から孝次郎の出世話を伺ったとき、それがしが身分をわきまえて固辞さえしていれば、このようなことにはならなかったのだ」

幽斎ほどの男が、理不尽な一件の元凶を知らぬわけがないにもかかわらず、その元凶の責を問おうともしない。

それどころか、みずからの責を認めることで、当たり前のように事件の本質を隠蔽しようとしている。

虎庵はそんな友に、武士の本質を見た気がして愕然とした。

「これまであえて訊かなかったが、幽斎殿、根来衆は真言宗の僧兵集団のはずではないのか」

「そのとおりだ」

「その昔、根来衆は織田、豊臣から猛烈な迫害を受けて滅亡の危機を迎えたが、徳川の庇護を得たことで生きながらえた」

「いかにも……」

「それは宗門の根来衆が、武門である徳川の軍門に下ったということか」

「そういうわけではないが、我ら根来衆が徳川家康から受けた恩義は、なに物にも代え難い。それに……」

突然、口ごもった幽斎に、虎庵は首を傾げた。

「それに、どうしたい」

「全国に散り、彼の地に根付いた根来衆は総勢三千。家族の者まで含めれば一万をゆうに超えている。その者たちの暮らしは、各地の根来寺に対して行なわれる、徳川譜代大名家からの寄進でなりたっているのだ」

「上様は紀州藩において薬込役を表の隠密にし、その裏で根来衆を幕府や全国諸藩に目を光らせる藩主直属の隠密とした。そして新将軍になるや、根来衆を甲賀や伊賀の忍びに代わる幕府の新たな隠密とし、諜報、暗殺に携わる集団に仕立て上げた。違うかい？」

「大筋において間違いはない」

「ならば、なんで根来衆は新将軍の誘いに乗ったんだ。いうことを聞かなければ、譜代大名に寄進をやめさせるとでもいわれたのかい」

「ば、馬鹿な、上様がそのようなことを……」

幽斎は動揺を隠すように、空になった自分の茶碗に酒を注ごうとしたが、徳利を持つ手が震えていた。

「幽斎殿、あんたは俺が風魔の統領であり、どのような経緯があって、滅亡したはずの風魔が未だに江戸で生き延びているのか、そのすべてを知っているはずだ。俺はなにひとつ隠し立てはしていない。あんたもそろそろ、腹を割ってくれてもいいんじゃねえか」

虎庵の話に、幽斎が持つ徳利と茶碗がカチカチと鳴った。

眉根を寄せて歯を食いしばる幽斎の眉間には、深い縦皺が刻まれている。

「幽斎殿がいえぬのなら、俺がいってやるよ。つまり新将軍は幽斎殿に対し、自分の願いを聞き入れてくれれば、いずれは柳生家のように津田家を大名に取り立てて一国を与え、その地を根来衆の本拠とすることを許す……とでもいわれたんだろ」

話を聞き終え、思わず持っていた茶碗を取り落とした幽斎は、愕然とした表情で虎庵の顔を見つめた。

「こ、虎庵殿……」

「そろそろ幽斎殿との約定を果たさねばと考えている一方で、上様は四十万両ともいわれる幕府の財政赤字を解消しようと様々な改革を実施した。だが無能で強欲な幕閣たちは笛吹けど踊らず、上様の怒りも頂点に達していた。そこに尾張藩家老から、高富藩の話が持ち込まれたんだ。違うかい」

虎庵は俯いたまま視線を上げようとしない、幽斎の青々と剃り上げられた頭を見つめた。

「細かな事情はわからぬが、確かに御側御用取次役の加納様は『いよいよ時がきた』と嬉しそうに微笑まれ、それがしに高富藩の話をされた」

「やっぱりな。上様はいずれ優秀な人材を集めるための足高を制度化するために、孝次郎に降って湧いた奇蹟として流布することと、幽斎殿との約定を果たすことの二兎を追った。幽斎殿も、根来衆の安寧と孝次郎の幸福の二兎を追った。それが欲であると知りつつな……」

「図星でござる。上様が武士の統領なら、それがしも根来衆の統領。そのふたりの統領たる者が、決してかまけてはならぬ欲に己を見失ってしまった。その結果が孝次郎の死なのだ」

常に冷静さを失わぬ幽斎の肩が、小刻みに震えていた。

事情はどうあれ、我が子を手にかけた幽斎の気持ちも慙愧《ざんき》も、虎庵にわかろうはずもない。

だが武士なる者が、平安の世に土地の所有という欲望から発生し、裏切りと謀略、血で血を洗う殺戮と略奪の歴史を経て現在の太平に生きている。

それを思えば、武士たちの心根の奥底でくすぶる血まみれの欲望の熾火が、いつ燃え上がっても不思議がないと虎庵は思った。

「幽齋殿、元徳川宗家家臣が、かつての栄華を取り戻さんとする欲望、尾張家が天下人の座を取り戻さんとする欲望はわかる。だがそれが世を乱す元凶とわかっている上様が、なぜ臭いものに蓋するようなことばかりなされるのか。俺にはそれがわからぬのだ。そこで幽齋殿に頼みがある」

「頼み？」

「孝次郎切腹の原因が極楽香なら、かつて吉原乗っ取りを目論んだ大坂のヤクザ、その背後に見え隠れしていた京の豪商、そして我ら忍びとてその正体を計り知れぬ京の丹波黒雲党が絡んでいることは間違いない。だがそれがどこでどうして、天下人の座を狙う尾張徳川家と結びつくのか。我ら風魔は東国の山猿、遠い西国を調べたくても手だてすらないのだ」

「それを我ら根来衆に調べろと……」

「左様だ」

「だが虎庵殿、それもこれも、徳川家が抱える獅子身中の虫の仕業と思えば、風魔が出る幕ではないのではないのか」

「徳川宗家の大統が途絶えたとしても、徳川の世が存続するように用意されたのが御三家だ」

「そして天下人の座は、すでに御三家の紀州家に移った」

「さすがの家康も、そのあとのことは考えていない。まさか元の徳川宗家家臣が、将軍の足を引っ張るなど、夢にも思わなかったはずだ」

「虎庵殿、そなたはなにがいいたいのだ」

幽齋は虎庵の顔に、穴が空きそうな鋭い視線でみつめた。

「上様が、此度の徳川家の内紛を解決できぬ器とあらば、我ら風魔は将軍を討つ」

「ば、馬鹿なことを申すな。丹波黒雲党にしても、やつらは天平の昔から、帝と朝廷を陰から支えた忍び軍団だ。もし此度の一件で、丹波黒雲党が見せた動きの背後に朝廷や帝が関わっているとしたら……」

「帝を討つ。よいか幽齋殿。帝も将軍も、単なる職に過ぎぬ。今の帝や将軍が死ねば、次なる者がその職につくだけだ」

「虎庵殿、帝はともかく、上様の身に万が一のことが起これば、今年、八歳になられたばかりの嫡男長福様が将軍の座につかれるのが筋」

「筋はな。だが果たしてそれが、徳川の総意といえるかな。我ら風魔は、次なる将軍に誰がなろうと、義がないと判断すればその者を討つのみ。それが我が祖と徳川家康がかわした約定なのだ。幽齋殿、ここまで知った上で我が頼み、聞いてはくれぬか」

虎庵は幽齋に向かい、両手を畳についた。

「虎庵殿、話はわかった。その手を上げてくだされ」

いつの間にか眉間に刻まれていた深い皺が消えた幽斎は、虎庵に徳利を差し出し、孝次郎の陰膳に向かって微笑んだ。

四

それから十日あまり、患者以外に良仁堂を訪れる者はなく、虎庵は久しぶりに安穏とした暮らしを享受していた。

とはいえ孝次郎切腹の報は、虎庵をはじめとする良仁堂の面々の心中に暗い影を落とし、屋敷内の重苦しい空気はいかんともし難かった。

名も無き下級役人の子が、大名として抜擢されるという夢のような極楽話は一転、将軍の命で我が子の介錯を命じられる悲劇の地獄話として、江戸市中を駆け巡った。

ただでさえ、贅沢禁止だなんだとうるさい八代吉宗の幕政に対し、囁きだった五代綱吉の元禄時代を懐かしむ声が、声高な会話となって江戸のあちこちで交わされ始めていた。

「佐助、吉原の方はどうだ」

縁側で煙管を咥え、庭先を眺めていた虎庵は、竹箒で掃除する佐助に訊いた。

「はい。やっぱり孝次郎さんの話で持ちきりですよ。もっとも、商人とお武家とでは受け止め方がまるで違うみたいですけどね」

「ほう、どういうことだい」

「それが大店の商人たちがいうには、将軍様は改革の名の下に独自の政を進めているが、将軍になるや中町奉行所を廃止しちまったでしょう」

「ああ、その件なら前に左内から聞いたことがあるが、それがなんだというのだ」

吉宗が将軍になるまで、江戸の町奉行所は北町、南町、中町の三カ所だった。

だが吉宗は幕府の財政改革を理由に、中町奉行所を廃止した。

「かつて三つの町奉行所には、年間五万件近い町民からの訴えがあったそうです」

「各奉行所でいえば、一万七千件か」

「はい。それでも公事として取り上げられるのは、七割程度の三万五千件だったのに、今じゃ三万件にも満たなくなっちまったそうです」

「しかも、その七割近くが年内に処理できずに先送りされてるんだ」

「そこです。商人どもは、中町奉行所を廃止したのは財政だけではなく、なんか他に狙いがあるんじゃねえかっていうんです」

「だがそれと、孝次郎の一件がどう関係するんだ」

「あの一件で、足高で出世しようという連中がいなくなり、これまで以上に家格だけの無能な連中が町奉行所の要職に就き、ますます訴えの処理が進まなくなるんじゃゃねえかってんです」

佐助はそういうと、用意していたサツマイモを掃き集めた枯葉の山に放り込んだ。そして懐から火打ち石を取り出すと、なんとも粋な風情で枯葉に火をつけた。

「上様は孝次郎の奇蹟の大抜擢で、さらなる人材の発掘を目論んだ。だがそれが、とんだたぬきの皮算用だったってことか。商人の反応はわかったが、武士どもはどういってるんだ」

「先日、薩摩藩の連中が三浦屋で大宴会をやったそうなんですが、その時も孝次郎さんの一件が話題になったそうです。なんでも孝次郎さんが切腹した後、幕府はお公家と血縁の元藩主の蟄居を解いて藩主に戻したそうなんですが、それを将軍の弱腰と大笑いしていたそうなんです」

「なるほどな。よりによって幕府を騙した上に藩政をおっぽり出し、京で放蕩三昧の暮らしをしていた馬鹿殿を元の鞘に戻すとは……」

苛立たしげな虎庵が、咥えていた煙管の雁首を灰吹きに打ちつけたとき、珍しい男が庭先に現れた。

内藤新宿を根城にする角筈一家の大親分、金吾だった。

「おいおい、まだ春先だってのに絽の単衣とは、痩せ我慢が過ぎねえか」

虎庵は濃紺の着物を着崩した金吾にいった。

「仕方ねえでしょ。あっしは見栄で生きるヤクザなんですから。それでも寒いもんは寒いですからね、佐助さん、焼き芋ですか、ちょいと当たらせてもらいますぜ」

金吾はたき火の前にしゃがみ込むと、かじかんだ両手をかざした。

「親分、そんなところより、さっさと上がってくれ。佐助、いつものやつを頼むぜ」

「それじゃあ、お言葉に甘えやして……」

虎庵の手招きを受けた金吾は、なんとも爽やかな笑みを浮かべて縁側に上がった。

「親分、障子を閉めたらこっちにきてくれ」

虎庵は部屋の奥に置いてある、備長炭が赤々と熾った火鉢の前に座った。

床には毛足の長い絨毯が敷かれ、それだけでも十分に暖かかった。

「親分、前にいっていた町火消しはどうなったね」

「おかげさまで来月には終わりそうです。あっしが考えたいろは四十八組と本所深川十六組、まともな鳶が仕切るようになりまさあ」

「そうか、これで俺たちも、枕を高くして眠れるな」

「しかし、万に近いヤクザが職を失って一家に戻ってくるんです。手放しで喜べる話じゃねえと思いますよ……」

金吾がそういって火鉢に両手をかざしたとき、酒と二、三種の干物を用意してきた佐助が姿を現した。

「ほう、珍しいですね。佐助さん、そいつはタコの干物ですか」

「へえ、干しダコにスルメにエボダイ、何日か前、愛一郎が尻のオデキを治療してやった木更津の行商人が、治療費がわりに置いていったそうです」

佐助はそういって火鉢に五徳を置き、その上に奇妙な金網を載せた。

「佐助さん、この金網も珍しいですね」

「これは私が古くなった鎖帷子を鉄枠に張って作ったものです」

「いや、これは便利だ。今度あっしにも、一つ作ってもらえやせんか」

「はい。なんなら台所に別のがありやすんで、帰りにお持ちください」

そういって佐助が金網にスルメを載せると、その足が踊るように蠢いた。

「先生、話は変わりやすが……」

金吾がそこまでいいかけたとき、不躾に障子が開き、南町奉行所与力の木村左内が姿を現した。

「おいおい、いい匂いがすると思ったら、やっぱり美味そうな物を焼いてやがるじゃねえか」

左内は正方形の火鉢の空いた席、ちょうど虎庵の正面に座り込んだ。

「おいおい、招かれざる客がきやがったぜ」

この十日あまり、静かではあったが来客もなく、なんとも寂しい日々を過ごしていた虎庵は嬉しそうにいった。

「バーカ、町奉行所はな、中町奉行所がなくなっちまったんで、てんてこ舞いの忙しさなんだよ。こんな藪医者のところに、招かれたって来られるやつはいねえよ」

左内は佐助が注いだ茶碗の酒を一息で飲み干した。

「そうらしいな。この不景気で金の貸し借りにまつわる訴えは、増える一方だそうじゃねえか。それなのに三つあった町奉行所をふたつにしちまったとは、将軍様はなにを考えているのかね」

虎庵は左内に徳利を差し出した。

「それがわかりゃ、苦労はしねえよ。ところで先生、前に横浜で大量に打ち上げられた死体の話をしたろ」

「ああ、確か遠州袋井の赤尾渋垂郡辺神社の守り袋が、唯一の遺留品とかいってた件だろう」

虎庵の声を聞いた金吾の眉間に、深い皺が刻まれたのを虎庵は見逃さなかった。

「かーっ、よく憶えていやがったな」

「それで、なにかわかったのか」

「わからねえよ。ただ、一番でっぷりと太った死体の右腕に、縦の入墨を消した火傷の痕があったということぐらいかな」

「縦縞の入墨ってことは、西国の罪人ということか」

「そうだ、関東では二の腕に輪っか、関西では七寸ほど縦縞を一本てのが、入墨の常識だからな」

左内は焼き上がるのが待ちきれず、目前で丸まっているスルメの脚を引きちぎった。

「金吾親分は、なにか気になることでもあるのかい」

虎庵は押し黙ったまま、酒を舐めている金吾に話を振った。

「先生、いま確か、赤尾渋垂郡辺神社って仰いましたよね」

「ああ、遠州袋井にある赤尾渋垂郡辺神社だ」

「じつは十日ほど前から、ムササビの忠吉という遠州の客人が、うちに草鞋を脱いでいるんです」

「客人って、やっぱりヤクザなんだろ」

「ええ、もともとは瓦焼きの職人だったそうですが、五年ほど前に地元のヤクザと喧嘩になって、殺めちまったそうなんです」

「なんだと？　お前さんは殺しの下手人を匿っているのか」

左内が色めき立った。

「なあに、ヤクザの死体は瓦焼きの窯に放り込んで薪にしちまったから、事件は表沙汰になってねえそうですよ」

「なるほど。事件になってねえんじゃ、下手人とはいえねえか」

左内は口をへの字にして金吾を睨みつけた。

「親分、で、そいつがどうしたんだい」

「このところ、大名屋敷の鬼瓦を遠州瓦に替えているのはご存知と思いますが、三日ほど前、そいつが博打の種銭を稼ぎてえってんで、瓦葺きの職人として本所のとある大名屋敷に伺わせたんです。その時に遠州袋井の瓦屋、富田屋吉右衛門という恰幅のいい男を紹介されたんですが、後で戻ってきた忠吉の野郎が、奴は富田屋吉右衛門じゃねえとぬかしやがったんです」

「どういうことだ」

「忠吉がいうには、富田屋吉右衛門という男は淡路島出身の瓦職人で、若気の至りで入れられた左腕の入墨を焼き消していたそうです」

金吾はそういって、虎庵に徳利を差し出した。

「なんだなんだ？　左腕の入墨を焼き消していたって、どこかで聞いたような話じゃねえか」

左内が咥えていたスルメの脚を食いちぎった。

「なあに、横浜で上がった土左衛門は、どこぞの海賊かなにかでしょう」

虎庵はわざと左内の話に乗るのを避けようとした。

そうやって話に乗らなければ、必ずひと言、余計なことを口にしてしまうのが左内という男だった。

「そうじゃねえだろ。遺留品として見つかった赤尾渋垂郡辺神社も、瓦屋富田屋吉右衛門も遠州袋井だ。それに富田屋吉右衛門の左腕には入墨を焼き消していた痕があり、横浜の土左衛門にも同じ痕があった。しかも、遠州の瓦職人だった忠吉とかいうヤクザが、富田屋吉右衛門は偽者といってるんだ。どこぞの海賊で片付けるわけにはいかねえんじゃねえか。たしか富田屋吉右衛門が連れてきた瓦職人一行は、本所の小笠原宋易の邸に世話になっているはずだったな。よし、俺はちょっくら本所に行ってくるぜ。馳走になった」

案の定、富田屋吉右衛門の居所を口走った左内は、あたふたと部屋を出た。

左内が縁側から降りるのを確認した虎庵は、佐助に目で合図した。

「佐助っ！」

「はい」

佐助は風のように部屋を飛び出し、左内の先回りをするべく本所に走った。

「先生、どういうことですか」

「親分、富田屋吉右衛門ってのは、尾張継友から大火対策として江戸の建物を瓦葺きするよう上奏を受けた上様が、御側御用取次役の有馬氏倫に命じて江戸に呼びつけた者だ。それが本所の尾張藩茶頭、小笠原宋易の屋敷に逗留しているとはどういうことだ。しかも親分、この間焼けた佐竹様の下屋敷……」

「道灌山のところにあるお屋敷ですね」

「ああ、あの屋敷が焼けたのは、富田屋吉右衛門たちが鬼瓦を替えた直後のことだったらしいぜ」

「先生、まさか……」

「ああ、そのまさかかかも知れねえぜ」

虎庵は茶碗の酒を舐めながら、左内が開け放しにした障子の向こうの闇を睨んだ。

だがこの時、虎庵と金吾は、ムササビの忠吉の骸が本所小名木川に浮かんでいることを知るよしもなかった。

五

富田屋吉右衛門になりすました丹波黒雲党の統領伏見屋陣内は、小名木川に投げ込んだムササビの忠吉の骸が、俯せで浮かび上がるのを確認すると、手にしていた血塗れの匕首を川に投げ込んだ。

「それにしても、十両よこさなければ、我らのことを町奉行所に売るとは、ずいぶん安う見られたもんやな」

　伏見屋陣内は忠吉の背に唾を吐いた。

「大旦那、奴は角筈一家の者やとゆうてましたが、江戸のヤクザ風情が我らを脅せばどうなるか、これで思い知ることになるんやないですか」

　陣内の右腕で伏見屋の番頭頭を務める、丹波黒雲党の幹部の鉄二郎は足下の小石を蹴った。

「鉄、三日前、本所の普請場で、角筈一家の親分に連れられてきた奴と会うたんやが、奴は角筈一家に草鞋を脱いでいる流れ者や」

「そうやったんですか。江戸のヤクザ者が遠州袋井の瓦屋を知ってるのは、妙やと思うてましたんや」

「角筈一家の先代親分は、欲の皮を突っ張らせた外道だったそうやが、跡目を継いだ金吾という親分はなかなかの侠客で、子分からの信頼も厚い人格者らしいで。それに儂らが吉原乗っ取りを命じた大坂の岸和田一家の周五郎と、我らが刺客として送り込んだ『鞍馬死天王』が、風魔と品川で激突した際、なぜか角筈一家は風魔に協力したそうや」

「大旦那はそういわはるけど、江戸の闇を取り仕切る忍びとヤクザでっせ。手を組んでも不思議はないのんとちゃいますか」

鉄二郎は興味なさげにいった。

頬骨が尖ったこの男の細い目は、常に死んだように光を失い、滅多なことで感情を表情に出すことはない。

老若男女にかかわらず、命乞いする人々を何百と殺してきた、殺人鬼ならではの態度に陣内は押し黙った。

「大旦那、なんなら金吾と風魔の統領、わてが殺してきまひょか」

「鉄、そんなことより、あの三下が儂らの居所を探し当てたということは、儂らの正体が、すでに角筈一家の金吾にもばれているかも知れんのや。景山無月に指示された、鬼瓦を交換する屋敷はあと何カ所残っとるんや」

「へい、番町と飯田町、駿河台の三カ所です」

「よし、それが終わったら、儂らはさっさと江戸から逃げるんや。ええな」

「へい」

鉄二郎は、さっさとその場から立ち去ろうとする陣内の後を追った。

翌日の明け方、縁側で待つ虎庵のもとに佐助が戻った。

「先生、富田屋吉右衛門たち一行は、浅草今戸の屋根政に見本の瓦を預け、本所の尾張藩茶頭、小笠原宋易の屋敷に逗留していることは間違いありません」

「そうか、ご苦労だった。奴らを呼んだのは幕府で、当然、宿の手配もしたはずだから、何らかの理由があって小笠原宋易の屋敷に決めたのだろう。佐助、火鉢の薬缶で酒を燗してあるんだが、どうだ一杯やるか？」

虎庵が訊いたとき、佐助の背後に左内が現れた。

「おお寒っ、昨夜から寒空の中を歩きっぱなしだ。燗酒、馳走になるぜ」

左内はずかずかと部屋に上がり込むと、火鉢の前に座り込んだ。

「昨夜から歩きっぱなしって、ご苦労だったな」

「おう、聞いて驚くな。金吾がいってたムササビの忠吉だが、昨夜、殺されて本所の小名木川に浮かんだぜ」

「なんだって？」

「大方、奉行所にバラすとかいって富田屋吉右衛門を脅したんだろうが、返り討ちにあっちまったんだろ」

左内は自信満々にいった。

「なんでそんなことがいえるんだ」

「先生、富田屋吉右衛門一行はな、本所にある小笠原宋易の屋敷に寝泊まりしてるんだぜ」

振り返った左内が、意味ありげな笑みを浮かべた。

尾張藩主徳川継友の奏上を受け、大名屋敷の鬼瓦の交換を決めた将軍吉宗は、御側御用取次役の有馬氏倫に命じ、遠州袋井から瓦問屋の富田屋吉右衛門一行を江戸に呼びつけた。

だが富田屋吉右衛門と面識があり、江戸にいる吉右衛門は別人と証言したムササビの忠吉は、他殺死体となって小名木川に浮かんだ。

「こうなると先生よ、横浜に流れついた死体こそが、遠州袋井の瓦問屋富田屋吉右衛門とその一行で、江戸にいる連中はその下手人と考えるべきじゃねえか」

「そこまでは俺も同感だ。だが下手人が富田屋吉右衛門とその一行を襲い、瓦を奪ったというのならわかるが……」

「バーカ、富田屋が黄金の鬼瓦でも持っていたならともかく、人を何十人も殺してまでして奪う瓦って、どんな瓦なんだよ?」

左内のいうとおりだった。

ただ鬼瓦を奪うなら、人殺しの危険を冒さなくても、そこらの屋敷の屋根にいくらでもあるのだ。

「じゃあ、奴らはなんで……」

腕組みをした虎庵は、ゆっくりと目を瞑った。

「先生、俺とあんたは、どうも物事を考える順番が違うみてえだな。奴らが江戸にいる理由をぐだぐだ考えるんじゃなくて、とっとと奴らをお縄にするんだよ。理由なんて、お縄にした野郎を責めて吐かせりゃいいんだよ」

左内のいうことは、町方の与力なら当然のことだった。

奴らの背後に御三家の尾張藩が関わっているとわかれば、その瞬間、左内たち町方が出る幕はなくなるし、幕府上層部でなんらかの取引が行なわれ、富田屋吉右衛門の一件は闇から闇に葬られるのが関の山だ。

徳川将軍家、そして御三家、幕閣などといっても、所詮は同じ穴のムジナなのだ。

「旦那、そうはいっても、奴らがムササビの忠吉を殺したという証拠があるわけじゃないだろ。どうやって奴らにお縄をかけるんだい」

「そうだな、本所の無宿人に金を握らせ、殺しの現場を見ていたと嘘の証言をさせるってのはどうだ。あとで証言が嘘とわかっても、奴らを奉行所内に連れてきちまえば、こっちのもんだ。さあて、そういうわけで俺は奉行所に戻る。馳走になった」

左内はそういうと、弾かれたように立ち上がり、庭に消えた。

「佐助、お前はどう思う」

「そうですね。やっぱり遠州袋井まで誰かを遣って、富田屋の関係者を江戸に連れてきちまうのがよろしいんじゃねえでしょうか」

「何日で連れてこられる」

「早船で往復三日というところでしょうか」

「よし。富田屋の関係者を江戸に連れてくるよう、幸四郎と獅子丸に命じてくれ」

「はい」

佐助は持っていた茶碗の燗酒を飲み干し、吉原に向かった。


昼前、虎庵が上野仁王門前町の古い鰻屋で杯を傾けていると、顔なじみの大工たちが連れ立ってやってきた。

「おっ、先生。昼間から鰻で一杯とは羨ましいね。良仁堂は大丈夫なんですか」

小太りの大工は、道具箱を担いだままいった。

「うちには愛一郎先生という名医がいるからな、俺みたいな藪医者はいねえほうがいいんだよ。しかし雨でもねえのに、今日の仕事は上がりかい」

「あっしはこないだ焼けた、道灌山の佐竹様のお屋敷の茶室普請をやってるんですがね、おかげさまでさっき終わったんですよ」

「もう終わったって、凄い火事だったんだろ」

「ええ、母屋は完全に焼け落ちちまいましたからね。でも先生、こいつは屋敷の中間に聞いたんですが、母屋の玄関から最奥の書院まで、ほぼ同時に天井から火が出たんだそうです。普通、大名屋敷の火事といえば、火元は台所が相場なんですがね」

「屋根が同時に燃えた？」

虎庵は隣に座った大工に、徳利を差し出した。

「ええ、だから御家中が火を消そうにも、どこから手をつけたらいいのかって迷ってる内に、一気に燃え上がっちまったそうです。それで母屋は丸焼けになっちまいましたが、門が焼けなかったのが、不幸中の幸いだったそうです」

大名屋敷が火元となった場合、門が焼けると幕府から責任を問われる。

それだけにどこの大名屋敷でも、門の防火と消火対策は厳重に施されていた。

「火事の原因なんてのは、行灯や竈《かまど》、煙草の火の不始末に決まってる。佐竹様のお屋敷では、屋根裏に秘密の部屋でもあったのかな」

「先生、忍者屋敷じゃあるめえし、それはねえでしょ」

「それにしたって、屋根裏の行灯が同時に倒れでもしなけりゃ、そんな火事になるわけねえ。確かに妙な火事だよな」

「本当ですよ。そういうことが起きねえように、上様は遠州の魔除けの鬼瓦に替えさせたってえのにねえ。佐竹様にしてみりゃ、泣くに泣けねえでしょう。もっともうちの親方は、半年先まで仕事が決まったようなもんで、ほくほくですけどね」

「そうか、佐竹様のお屋敷は鬼瓦を交換したのか」

虎庵はとぼけて訊いた。

「ええ、大きなお屋敷だから大変だったみてえです。遠州からきた職人三十人がかりで、二日もかかったそうですよ」

肝焼きを囓りながら話す大工の説明に、虎庵の脳裡には富田屋吉右衛門の名がよぎった。

――もし、奴らが鬼瓦を交換する際に、屋根裏に仕掛けをしていたとしたら……。

ずっと靄がかかっていた富田屋吉右衛門に関わる謎に、一筋の光明が差したような気がした。

「しかし、そうやって鬼瓦を替えた大名屋敷は結構あるのかい」

「詳しいことはわからねえけど、大名屋敷はみんな譜代大名のところで、町奉行所に勘定奉行所といった幕府関連の屋敷を含めれば、五十にはなるはずですぜ」

「そこがみんな佐竹様の屋敷みてえになったら……」

「先生、嫌なことをいわねえでくれよ。そうなりゃ江戸は、明暦の大火どころじゃねえ大火事になっちまいますよ」

大工は「くわばらくわばら」といいながら、顔の前で大袈裟に手を振った。

「そうだな、焼けて美味いのは、鰻とアジの干物くれえだもんな」

虎庵は沈鬱な思いを隠すように作り笑いを浮かべ、ぐい飲みに徳利の酒を注いだ。

第三章　刺客

一

四谷御門内、六番町にある小幡藩の上屋敷では、偽の富田屋吉右衛門こと、丹波黒雲党首領の伏見屋陣内とその一行が、慌ただしく鬼瓦交換の準備をしていた。

「親方、こちらの小幡藩では瓦をすべて交換するそうで、三日ほどかかるようです」

腕組みをして様子を見守る陣内に駆け寄った、黒雲党若衆頭の駒蔵がいった。

「うん？　鉄二郎はどうしたんや」

いつもなら現場を仕切っている鉄二郎の姿が見えないことに、陣内は露骨に不機嫌な顔をした。

「昨日は吉原も飽きたゆうて、深川の岡場所にいってはりましたから……」

「深川の岡場所？　女癖の悪い鉄二郎の悪い虫が蠢きだしたんかいな」

「それに、なにやら気になることがあるって……」

「なんのことや」

「儂らを見張ってる小僧がいるとか……」

「しょうもない奴っちゃな。ところで駒蔵、このあたりはやけに小さな屋敷ばかりやな」

「へえ、このあたりは旗本屋敷で、大名屋敷は三つ、四つしかないそうです」

「こんなところで火が出たら、幕府の連中はどうやって消すつもりや。江戸で火事が多いのは、こんな町を放っておいとる幕府の怠慢が原因や。それじゃあ駒蔵、後はよろしく頼むで」

陣内はそういうと、長屋門に向かった。


一方その頃、鰻屋を出た虎庵は、用心棒役の亀十郎とともに下谷三ノ輪橋で拾った猪牙舟で、佐竹屋敷のある道灌山に向かっていた。

火事で全焼した佐竹屋敷の母屋を自分の目で確かめたいこともあったが、佐竹屋敷とは目と鼻の先にある、根来寺住職の幽齋がこのところ顔を見せていないことも気になっていた。

「船頭は、いつもこのあたりで商売しているのかね」

「へい、日暮里の寺町には、結構、吉原好きがおりましてね」

「色情の怨念にとりつかれた破戒坊主か、困ったものだな。ところで船頭は、佐竹様の火事の時はどこにいたんだい」

「それが旦那、あっしはあの日、道灌山の興楽寺の寺男を送ったんですが、その時ちょうど、佐竹様のお屋敷から火が上がったんですよ。火事と喧嘩は江戸の華ですからね、あっしはおっとり刀で舟から飛び降り、道灌山を駆けのぼったんです」

船頭は興奮気味にいった。

「ほう、あの時に道灌山にいたのでは、桟敷で歌舞伎を見るようなもんだな」

「そりゃあ、凄えのなんの。お屋敷の母屋の屋根全体から、まさに紅蓮の炎が燃え上がり、夜空を朱に染めていやした」

「ほう、普通は母屋が焼けて、屋根が落ちるはずだが……」

「それが屋根に何カ所も穴があいてやして、そこから火柱が何本も上がってたんですよ」

「そうか、俺もその現場を見てみてえから、道灌山で降ろしてくれねえか」

鰻屋で大工から聞いた話は間違いないようだ。

「旦那、あっしはかまいませんが、もうだいぶ普請も進んでいるみてえですよ」

「そりゃそうか。今頃、行っても遅えわな。わかった、それじゃあ天王寺あたりで降ろしてくれ」

「それなら旦那、目の前に見えてる橋のところが天王寺ですぜ」

「そうか。それじゃあ、舟をそこの桟橋に着けてくれ」

虎庵がいうまでもなく、ほどなくして舟は桟橋に横付けされた。

桟橋に降りた虎庵と亀十郎は土手を駆け上がり、近くの根来寺に向かった。

虎庵は自分の首に千両もの賞金をかけ、吉原で極楽香なる阿片を密売し、露骨に吉原乗っ取りを仕掛けてくる、丹波黒雲党の真の狙いがわからず対応にあぐねていた。

しかも、極楽香事件の裏には、尾張藩茶頭の小笠原宋易が絡んでいることは間違いなく、その極楽香が幽齋の次男孝次郎を切腹に追い込んだ。

丹波黒雲党が朝廷と関わりの深い忍軍であることを考えれば、彼らの動きの裏には朝廷が絡んでいることも間違いない。

丹波黒雲党、朝廷、そして尾張藩、なんとも不釣り合いな三者が手を組み、この江戸でいったいなにをしようとしているのか。

それを知るためには京に行くべきなのだが、江戸と相模を本拠にする風魔には手だてすらなく、虎庵は根来衆の幽齋に助力を求めるしかなかった。

もちろん幽齋は虎庵の要請を快諾してくれたが、あれから十日以上も経つというのに、なにひとつ連絡がないことが気になっていた。

江戸から京は遠い。

幽斎が幕府の御用船を使ったとしても、片道五日はかかるのだから、往復するだけでも十日はかかる。

距離だけ考えれば、連絡がないのは当然といえば当然だ。

それでも根来衆は将軍直属の隠密で、常に尾張藩の動きにも目を光らせているし、その根来衆が情報を掴みかねているとしたら、敵はじつに慎重で狡猾であると考えなければならない。

幽斎の子孝次郎の一件にしても、まるで風魔が将軍に牙を剥くように仕向け、将軍と根来衆の信頼を損ねるための罠と考えるべきなのだ。

未だに正体を現さない敵に、虎庵は身震いをした。

「先生、まるで人の気配がしませんね」

山門を潜った亀十郎は辺りを見回した。

「寺男や小坊主もいないとは、珍しいこともあるものだな」

「本堂の木戸は閉まっていますから、ちょっと母屋の様子を見てみましょうか」

「そうだな」

虎庵は参道に溜まった落ち葉の多さに、少なくとも二日前から留守にしていると思った。

「先生、大変ですっ！」

母屋の勝手口の木戸を半分ほど開けた亀十郎が叫んだ。

虎庵が勝手口に近付くと、内部からムッとするような血生臭い風が吹き出た。

虎庵が薄闇に目を凝らすと、毛深くて熊のように大柄な寺男の体が座敷で俯せになり、三尺ほど離れたところに切断された首が転がっていた。

台所の竈の前では、頭を青々と剃り上げたふたりの小坊主が、袈裟懸けに斬られた背中を見せて倒れている。

凄惨な殺しの現場だった。

「亀十郎、番屋までひとっ走りしてくれ」

「でも先生、捕り方なんて呼んで、まずいことになりませんか」

「流れた血がどす黒く固まっているだろ。殺されたのは、少なくとも二日以上前だ。俺たちが疑われることはねえよ」

虎庵はそういうと、母屋の勝手口を出た。

亀十郎は裾を端折ると山門に向かって走り出し、その背中を黙って見送る虎庵の脳裡に、一抹の不安がよぎった。

思惑とは違い、見事に小坊主殺しの下手人と疑われ、番屋に留め置かれた虎庵と亀十郎は、結局、南町奉行与力の木村左内の世話になることになった。

左内のおかげで身元がはっきりした虎庵と亀十郎が、千駄木坂下町の番屋から解放されたのは夕刻だった。

「さあて、どんな美味い物を馳走になるかな」

先頭を歩く左内が振り返り、奢りは当然という顔で酒を飲む振りをした。

だが不機嫌な虎庵は一切口を開かず、いつのまにか寛永寺の門前に到着した。

「先生、あの同心がちょん切れた首を抱えたときの顔を見たかい」

「幽霊にでも出くわしたような面だった。あの同心と岡っ引きは使えねえな」

「奴は三月前まで見習いだった新米同心でな、あのまま先生を放免にしようものなら、内与力からきつーいお叱りを受けるんだ。だから内与力のいいつけどおり、先生の話に聞く耳を持たなかったんだ。勘弁してやってくれよ」

「できねえな」

「そう怒るなよ。本当はこのまま花房町までいって、『甚鎌』の軍鶏鍋で一杯と思ったんだが、腹が減ってしょうがねえ。そこの鰻屋にしようぜ」

左内はいうが早いか、虎庵と亀十郎が昼飯を食べた古い鰻屋の縄暖簾を潜った。

「亀十郎、また鰻だってよ」

口をへの字に曲げた虎庵が暖簾を潜ると、夕飯時だというのに客はひとりもなく、奥の席に着いた左内が手招きをしていた。

「親父、鰻丼を三人前、あとは肝焼きと白焼きだ。あっ、肝吸いを忘れねえでつけてくれよな。酒はいちいち注ぐのが面倒くせえから一升徳利で、茶碗か蕎麦猪口を用意してくれ」

大声で注文を終えた左内は、ハエのように手を擦りながら虎庵を見た。

「昼飯もここで食ったんだ」

虎庵はそういって帯から大小を抜き、左内の向かいに座った。

「ほう、それは気の毒だったな。じゃあ、先生の鰻丼は俺が食ってやってもいいぜ。新婚の亀十郎はともかく、女日照りの先生に鰻の食い過ぎは体に毒だぜ」

「うるせえ」

妙に機嫌が良くて饒舌な左内に、虎庵は首を傾げた。

「例の遠州袋井の瓦屋、富田屋吉右衛門の一件だけどよ、俺の話を聞いたときの御奉行の顔ったらなかったぜ」

「ほう、それで御奉行はなんていったんだ」

「どうもこうもねえよ。俺に富田屋一行を見張れと怒鳴るなり、お城にすっ飛んでっちまったよ」

「奴らは今も、小笠原宋易の屋敷か」

「ああ。今回は五十カ所で鬼瓦を交換する予定なんだそうだが、残りは四谷御門内、六番町にある小幡藩の上屋敷、飯田町の鍋島様のお屋敷、駿河台の山城藩上屋敷の三カ所だ」

左内は運ばれてきた一升徳利で、三つの蕎麦猪口に酒を注いだ。

「御奉行は今、なにしてるんだ」

「このところお城に行きっぱなしでな、お裁きも内与力が代行している始末だ」

左内は酒を注ぎ終えた蕎麦猪口を虎庵と亀十郎に渡した。

「旦那は富田屋吉右衛門の一件、どう考えているんだ」

「前にいったかも知れねえが、小笠原宋易の屋敷にいる奴らが本物の富田屋吉右衛門一行を襲って皆殺しにし、本物に成り代わって江戸入りした。それがなんで鬼瓦の交換をしているのかわからねえが、そんなことはどうでもいい。俺にとっちゃ三十人以上も人を殺した下手人で、それ以上でも、それ以下でもねえよ」

「小笠原宋易が極楽香の一件に絡んでいることは、無論、旦那も知っているんだろ」

「ああ。だがよ、極楽香の一件は御奉行が落着させた」

「なにをいってやがる。高富藩の藩主が切腹したのは、極楽香の密売が原因なんだろうが」

「それも大目付と評定所の問題で、高富藩主が切腹したことで一件落着させちまったんだし、俺たち町方の出る幕じゃねえよ」

「それでいいのかよ」

「いいも悪いも、俺は殺しの下手人にお縄をかけるだけだ。それが俺にできる、せめてもの手向けなんだよ」

そういって蕎麦猪口を口元に運んだ、左内の目が妖しく光った。

事件の本質や真相を知れば手も足も出なくなる、左内はそんな町方の悲哀を身に沁みてわかっていた。

「旦那の気持ちはわかったが、奴らを捕縛するなら決定的な証拠捜しが先で、見張ったところで意味がねえだろう」

「先生、その点はぬかりねえよ。あと三日もすれば、富田屋吉右衛門の内儀が江戸に到着するはずだぜ」

左内は焼き上がった肝焼きの器が置かれる前に、中空で串を一本摘んで囓った。

「なるほど」

「そうだろう。おそらく三日後は飯田町の鍋島様のお屋敷だ。奴らがお屋敷に入るところを内儀に見せる。もしそれで偽者となれば、仕事を終えて出てきたところを一網打尽だぜ」

「ほう、それは名案だな。さすがは旦那だ」

どうやら左内の話からすると、大岡は左内になにも話していないどころか、奉行所にも戻っていないようだ。

虎庵がこれ以上カマをかけたところで、左内が口を滑らせる秘密はなかった。

二

左内と別れた虎庵と亀十郎が、蒲焼きを手みやげに良仁堂に戻ったのは、五つ（午後八時）少し前だった。

十日ほど音信不通となっている津田幽齋のことが気になり、昼間、寛永寺裏の根来寺まででかけたが、そこで遭遇したのは幽齋ではなく、何者かに殺害されたふたりの小坊主と寺男の遺体だった。

彼らを殺した下手人も、殺されなければならない理由も、虎庵にはわからない。

だが子供を殺す、正当な理由などあるはずもない。

殺された小坊主と寺男は、根来寺を訪ねたときに挨拶する程度の間柄だが、瞼の裏に焼き付いた三人の無惨な姿が、虎庵の気分と足取りを鉛のように重くしていた。

「お帰りなさいませ」

玄関まで迎えに出たのは、亀十郎の女房のお松だった。

お松は品川一の人気太夫だったが、亀十郎と祝言を挙げてからは化粧っ気も無く、着物も地味な江戸小紋を選んで着ている。

それでも上がり框で三つ指をつく風情はなんとも艶っぽく、虎庵はそれだけで玄関が明るくなっている気がした。

「ああ、ご苦労さん」

「先生、奥で佐助さんと幸四郎さん、獅子丸さんがお客様をお連れです」

「客？　誰だい」

「さあ、初めてお目にかかる方で……」

「そうか。長椅子のある部屋か？」

「いえ、その奥の書院でございます」

お松に土産の蒲焼きの包みを渡した虎庵は、奥の書院に向かった。

そして虎庵が障子を開けると、佐助たち四人が神妙な顔で待っていた。

「おお、幸四郎、獅子丸、待たせちまったみたいだな。そちらさんは？」

四人の正面に座った虎庵は、三つ指をついて平伏している羽織姿の女を見た。

「先生、こちらは遠州袋井の瓦問屋、富田屋吉右衛門さんのお内儀です」

幸四郎に紹介された女が面を上げた。

年齢は四十代、浅黒くふっくらとした丸顔に、ちょっと離れ気味の小さな目とおちょぼ口。

一見するとフグに似ているような気もするが、奇麗に結い上げられた丸髷と艶やかな羽織は、いかにも瓦問屋のお内儀といった風情だ。

「富田屋吉右衛門の家内、お菊にございます」

しゃがれた声が、さらに貫禄をました。

「おお、これは遠路はるばるご苦労だった。私は当院の主、風祭虎庵です」

お菊は患者たちから、お役者先生と呼ばれる虎庵をまじまじと見つめ、その美貌に一瞬見とれて言葉を失った。

「お菊さん、大丈夫かい」

「あっ、先生、この度は、内の宿六がご迷惑をおかけしました」

「迷惑？」

再び頭を下げたお菊に、事情が呑み込めない虎庵は幸四郎に目で合図した。

「先生、富田屋の旦那の具合はどうなんですか？　フグに当たった富田屋の旦那から、どうしてもお内儀を連れてきてくれって頼まれたですよね」

天井を見つめる幸四郎は、眉を八の字にしていった。

事情を察した虎庵は大きく頷いた。

「先生、亭主はいまどちらに……」

「それが昨日まで、うちの養生部屋で唸っていたのだが、公儀の仕事なのにいつまでも休んでいられねえって、昨夜、迎えにきた連中と出ていっちまったんだ」

「え、歩けるんですか」

「まあな、確か今日明日は、六番町にある小幡藩の上屋敷の普請といっていた。今日は遅いので、明日、普請場にご案内いたしやしょう。ところで幸四郎、お菊さんの飯と宿はどうなっているんだ」

「それが、ここに着いたのが暮れ六つ（午後六時）でしたから、飯も宿もなにも決めておりません」

幸四郎は申し訳なさそうに頭を掻いた。

「お菊さん、鰻は好きかい？」

「先生、鰻が好きかって……」

お菊のお腹がぎゅるぎゅると鳴った。

「そうか、体は正直だな。江戸の鰻は遠州のそれとは、ちょいと趣が違うかも知れないが……」

「あらやだ、先生、江戸に行ったら絶対に鰻の蒲焼きを食べろって、親の遺言なんですよ。あはははは」

顔を合わせたときは眉間に縦皺を刻み、神妙な面持ちのお菊だったが、亭主の無事を知った安心からか、大口を開けて笑う余裕を取り戻していた。

「そうか、それでは今、用意させるからな。亀十郎、お松に鰻丼を三人分用意するようにいってくれ」

「はい」

虎庵の背後に控えていた亀十郎が立ち上がり、どかどかと部屋を出た。

決して美人とはいえないが、いかにも瓦問屋のお内儀らしく威勢の良いお菊の笑みが、暗く重苦しかった虎庵の心中を心なしか軽くしてくれていた。


翌朝、虎庵と佐助、幸四郎とお菊の四人は、六番町にある小幡藩の上屋敷の門前に向かった。

左内が四つ辻で身を隠しながら、門前を見張っていた。

「よっ、左内の旦那、朝っぱらからご苦労さんだな」

気配を殺し、そっと左内の背後に近付いた虎庵がその肩を軽く叩くと、左内はギョッとした表情で振り返った。

「なんだ、先生たちか。朝っぱらからどうしたい」

「ちょいと確かめてえことがあってな」

虎庵は背後に控えているお菊を見た。

「その女、何者だ」

「おう、紹介しようじゃねえか。こちらは富田屋の内儀のお菊さんだ。お菊さん、こちらの色男は、南町奉行所与力の木村左内の旦那だ」

「お菊でございます」

お菊は訝しげに左内を一瞥すると、丁寧に頭を下げた。

「富田屋のお内儀って、まさか……」

「そういうこと。お役所仕事じゃ船を使えないだろうと思ってな」

「けっ」

図星を突かれた左内は、忌々しげにその場で唾を吐いた。

「で、富田屋の旦那はいるのかい」

「ああ、門前に積まれた瓦をみてるよ」

「お菊さん、そういうことだ。俺たちはここにいるから、行ってくれ」

虎庵はそういって、お菊の背中を押した。

押し出されるように四つ辻に飛びだしたお菊だが、すぐに振り返って顔を左右に振った。

「先生、門前にいる男なんて、あたしは知りませんよ」

「なに？　間違いないんだろうな」

左内はすぐに壁際から顔を覗かせ、門前を確認した。

「左内の旦那、どういうことだ」

「どうもこうもねえよ。ほら、今出てきた男が番頭の、なんていったかな……」

左内の声にお菊もすぐに振り返り、門前を確認した。

「あれが番頭って、冗談じゃありませんよ。先生、うちの宿六はどこに行ってしまったのですか」

虎庵の前に戻ったお菊が、頬を膨らませて腕組みした。

お菊が確認したふたりの男を認めぬ以上、ふたりは間違いなく偽の富田屋ということになるが、それは横浜に上がった死体が、限りなく富田屋吉右衛門一行であることを意味し、お菊の亭主はすでにこの世の者ではないということになる。

その悲劇的な現実をどうやってお菊に伝えたらいいものかわからず、虎庵は溜息をつくしかなかった。

そんな虎庵の心中を見抜いた左内がいった。

「お菊さんとやら、あんたは遠州袋井の瓦問屋……」

「富田屋吉右衛門の女房でございます」

「そうか、それならちょいと確かめたいことがある。南町の奉行所まで付き合ってもらうぜ」

「奉行所って……。先生、内の宿六は……」

お菊は哀願するような顔で虎庵の袖を掴み、背後にまわった。

「お菊、その宿六のことで確かめたいことがあるんだよ」

左内はお菊の腕を掴んだ。

「お菊さん、とある事情で、俺はあの男が富田屋吉右衛門かどうかを確かめて欲しくて、あんたに江戸まできてもらったんだ。あの男があんたの亭主じゃないとわかった以上、ここは木村の旦那のいうとおりにした方がいいと思うぜ。幸四郎、猪牙で旦那とお菊さんをお送りしてくれ」

「せ、先生……」

虎庵の腕にお菊の指がくい込んだ。

「すまねえが、いうとおりにしてくれ」

左内が虎庵からお菊を引きはがした。

「ところで左内の旦那、昨日の件なんだが……」

「殺された小坊主も寺男も、毒か痺れ薬を飲まされていたみたいだぜ」

「じゃあ、あの疵は動けない小坊主に、止めを刺したということか」

「そういうことだ」

「酷いことを……。じゃあお菊さんのこと、よろしくな」

お菊の腕を掴んで去った左内の背中を虎庵は黙って見送った。

「先生、どういうことですか」

佐助が訊いた。

「前に左内が横浜に流れ着いた、大量の死体の話をしただろう」

「確か赤尾渋垂郡辺神社のお守りだけが遺留品だったという……」

「その大量の死体の方が、御側御用取次役の有馬様に呼ばれた富田屋吉右衛門一行で、あそこにいる連中が下手人だ」

「まんまと富田屋吉右衛門一行に、成りすましていやがるんですね」

「そういうことだ」

「でも、なんで逃げださねえんですかね」

「それがわかりゃ、苦労はしねえよ」

「根来寺で殺された小坊主と寺男は、やっぱり関係あるんですかね」

「わからねえ。ただ、どうやらこの江戸で、とんでもねえことが起きているのは確かのようだぜ」

「とんでもねえことですか」

「ああ、根来寺で殺された小坊主と寺男の件はともかく、孝次郎の一件と富田屋吉右衛門一行の件には極楽香が絡んでいる」

虎庵は悔しげに下唇を噛んだ。

「根来寺で殺された小坊主と寺男は、毒か痺れ薬を飲まされたって話ですが、極楽香をかがされたのかもしれれねえですね」

「ありえるな」

「まさかお頭を千両首にした丹波黒雲党が、またぞろ動き出したということですか」

「しつこいというか、懲りねえ連中のようだな」

「尾張藩が絡んでいることも、間違いなさそうですね。でも先生、丹波黒雲党の狙いはお頭の首と吉原乗っ取りだったはずですよね」

「だがこうなると、それが目的なのか、あるいは結果なのか……」

「お頭、風魔はどうするつもりですか」

「そうだな、それが問題だな」

虎庵と佐助の顔が、風魔の統領と幹部のそれに変わっていた。

三

その晩、「甚鎌」で軍鶏鍋を肴に一杯やった虎庵と佐助は、ほろ酔い気分で御成街道を下谷に向かっていた。

すでに四つ半（午後十一時）をまわっているせいか、両側を大名屋敷に囲まれただだっ広い街道に人影はない。

吹き抜けた一陣の風が砂塵を舞い上げ、できた小さなつむじ風を追うように、一匹の野良犬が走り抜けた。

その野良犬が前方の四つ辻で、弾かれたように横っ飛びになった。

「先生っ」

妖しげな殺気を感じた佐助が右手で懐の匕首を握り、虎庵の盾になるように前方に飛びだした。

「佐助、どうしたい」

佐助は虎庵の問いにも答えず、二十間ほど先の四つ辻を凝視した。

「先生、右手の大名屋敷の角にある、欅の大木の上です」

佐助はいうなり、四つ辻に向かって疾走した。

中腰になって欅を見上げた佐助が、匕首を逆手に構えた。

樹上からほぼ同時に、大きな黒い影が佐助に向かって落下した。

そして影が落下しながら投げつけた手裏剣が、月明かりで二本の白い糸を引いた。

虎庵はすぐさま大刀を引き抜き、佐助の元に走った。

影の投擲をいち早く察した佐助は瞬時に蜻蛉《とんぼ》を切って身を翻し、後方に一間ほども飛んだ。

地面に着地した影は、弾かれたように横っ飛びになると、今度は背中から二本の直刀を両手で抜き放ち、佐助に突進しながら連続の斬撃を繰り出した。

「佐助っ、下がれっ！」

虎庵が叫んだ。

だが匕首で斬撃を受けながら後退する佐助は、影に向かって匕首を投げつけた。

まさに苦し紛れの一投だったが、その鋭さは影をひるませるには十分で、佐助はその間隙を突いて連続の蜻蛉を切った。

佐助と影の間に躍り出た虎庵は右手で握った大刀をだらりと下げ、切っ先が小砂利を噛んでチャリチャリと鳴った。

左手で逆手に握った直刀を真横に構えた影は、黒装束に身を包み、黒光りする火事頭巾から覗いたふたつの目だけが妖しげに輝いている。

「手めえ、何者だ」

虎庵は大刀を正眼に構え、全身から燃え上がるような殺気を張らせた。

あまりの凄まじい殺気に、影は一瞬ひるんだが、

「十代目風魔小太郎の腕、この目で見届けさせてもらうで」

いうが早いか横っ飛びになり、大名屋敷の白い土塀を足裏に吸盤でもあるかのよう

に駆けのぼった。

そして四歩目で土塀を蹴り、その反動で体を猫のように丸めて中空を飛んだ。

二本の直刀とともに激しく体を回転させながら、頭上から襲いかかる影に対し、虎庵は渾身の斬撃を振り上げた。

激突した影の直刀と虎庵の大刀は、鈍い音とともに真っ赤な火花を散らし、あたりに焦臭さが漂った。

なんとか直刀で虎庵の斬撃をかわした影だったが、強烈な斬撃によってはじき飛ばされ、地面にその背中をしたたかに打ちつけた。

すぐさま立ち上がった影は懐に手を入れ、取り出した黒い玉を地面に打ちつけた。

爆発音とともにもうもうたる白煙が立ち上り、その場から逃走を図る影の気配に向かい、虎庵は帯に仕込んだ二本の三稜針《さんりょうしん》を投げ放った。

「うぐっ」

確かな手応えと同時に、煙幕の中でかすかな呻きが聞こえた。

ほどなくして煙幕は晴れたが、新黒門町の横町に向かって点々と血のあとだけを残して影の姿は消えていた。

「お頭、お怪我は」

佐助は地面に突き刺さった、影が投げつけた二本の金属の棒を持って走り寄った。

「この夥しい出血を見ると、三稜針は野郎のかなり太い血管を傷つけたはずだ」

「ならばそう遠くに行けねえはずです。後を追いますか」

「いや、捨て置け。それより佐助、その小柄みてえな武器は手裏剣か」

「はい。伊賀や甲賀では十字手裏剣が一般的で、風魔では苦無《くない》を使います。これはただの鋼の先端を鋭く研いだ小柄に似ていますが、これに似た手裏剣を風魔谷で見たことがあります」

「丹波黒雲党の手裏剣かな」

「さあ、そこまでは……長老たちに確認をとりますか」

「いや、その必要はねえよ。奴は『十代目風魔小太郎の腕、この目で見届けさせてもらうで』などとぬかしやがったが、あれは間違いなく上方の言葉だ」

「やはり、丹波黒雲党でしょうか」

「間違いねえだろう」

虎庵は目にも留まらぬ早業で納刀し、下谷広小路に向かって歩き出した。


半刻後、本所の小笠原宋易の屋敷の門前では、寒風の中、伏見屋陣内の手下三人が背中を丸めながら、姿をくらました鉄二郎の帰りを待っていた。

三稜針で右太股を射抜かれた鉄二郎は太股の付け根を縛り、なんとか血止めをしているが、小笠原宋易の屋敷の門前に転がり込んだその顔に血の気はなかった。

「兄貴、どうしたんや」

「いいから、早くお頭のところに連れて行ってくれや」

鉄二郎に走り寄った三人の若衆は、すぐさま鉄二郎を担ぎ上げて屋敷内に運んだ。

玄関先には、表の騒ぎを察知した伏見屋陣内が仁王立ちで待っていた。

「鉄、なにがあったんやっ！」

「お頭、儂らをずっとつけ回していた小僧は、根来寺の小坊主どもやった」

「根来寺？」

「ああ、小僧といえども根来衆や、見逃すわけにはいかへんやろ」

「殺ったのか」

「寺男と一緒に極楽香を嗅がせ、あの世に送ってやったがな」

「その傷は、その時のものか」

「アホなこというわんといてや。儂がガキにこんなやられ方、するわけがおまへんやろ。

この傷は十代目風魔小太郎にやられたんや……うっ」

鉄二郎は右足を掴んで呻いた。

「風魔小太郎やて？　どういうこっちゃ」

陣内は苦しげに顔をしかめる鉄二郎の肩を掴んだ。

しかし鉄二郎は大量出血で、すでに意識を失っていた。

「おい、お前たち、ともかく鉄を奥に運んで傷の手当てや」

陣内は若衆にいうと、奥の部屋へと急いだ。

陣内は奥の部屋に運び込まれた鉄二郎の血塗れの黒装束を破り、傷口を露出させて息を呑んだ。

太股には二カ所、錐で突いたような貫通創があったが、その一方から未だに鮮血がドクドクと噴き出している。

「おそらく太い血の管が傷ついてとるんや。鉄、このままじゃあ、右脚を切断せなあかん」

「え?」

「儂に任せるんや」

陣内は部屋の隅に置いてある火鉢のところに行くと、真っ赤に熾った炭の上に火箸を置いた。

「お頭、なにをしとるんや」

「いいから黙って待ってろ。お前たち、鉄を俯せにしておくんやで。その出血を止めるには、これしかないんや」

陣内はそういうと、赤く焼けてくる火箸の先端を見つめた。

それからほどなくして、傷口に焼け火箸を突っ込まれ、傷口を焼かれた鉄二郎の絶叫が、屋敷内の静寂を切り裂いた。

良仁堂に戻った虎庵は亀十郎に屋敷の警備を命じると、佐助とともに奥の座敷に向かった。

「さあて、どうしたものかな……」

虎庵は長椅子に横になると、天井を見つめた。

「お頭、命を狙われたんですぜ。どうもこうもないでしょう。即刻、小笠原宋易の屋敷を襲撃し、丹波黒雲党の奴らを皆殺しにするべきです」

佐助の目は本気だった。

「佐助、お前さんにしちゃあ、ずいぶん過激なことをいうじゃねえか」

「丹波黒雲党は我らに刺客を返り討ちにされ、吉原乗っ取りも阻止されました。にもかかわらず、懲りずに江戸に現れてお頭の命を狙ったんですぜ」

「だが俺たちが丹波黒雲党を殲滅すれば、幽齋殿の息子孝次郎の一件、富田屋吉右衛門一行の件、根来寺で殺された小坊主と寺男の件、そして極楽香の件、すべてが闇に葬られることになる。お前さんは、それでいいというのか？」

「それはわかっていますが……」

虎庵の向かいに座った佐助は、膝の上に置いた両の拳を握りしめ、悔しげに唇を噛んだ。

「佐助、俺はとりあえず、明日の結果次第で決めようと思うんだ」

虎庵は上体を起こして座り直した。

「明日の結果次第ですか？」

「ああ、左内はお菊の証言を得たことで、小幡藩上屋敷の屋根瓦を交換している連中が、富田屋吉右衛門一行でないことは確信したはずだ。そしてそのことは大岡越前に伝えられ、城中の上様にも伝えられたはずだ。だからこそ明日、大岡越前がどう出るかを見てから判断しても、いいんじゃねえかと思うのよ」

「お頭は大岡越前が、どう出ると思われるのですか」

「そうさな、奴らが小笠原宋易の屋敷にいる間は手を出せねえだろ。かといって、奴らが六番町に向かうところで捕縛しようとすれば、相手は三十人を超える忍びだ。とんでもねえ大騒ぎになるだろうし、町民が巻き込まれねえとも限らない」

「小幡藩は小藩といえども大名です。町方が屋敷に踏み込むのは無理です」

「そこだ。俺が上様なら小幡藩に命じ、丹波黒雲党の連中が作業を終えたところで屋敷から追い立てさせる。捕り方は藩邸の門前で網を張り、丹波黒雲党の連中が飛び出てきたところを一網打尽にする。どうだ」

虎庵はしたり顔で佐助を見た。

「なるほど、六番町といえばほとんどが旗本屋敷ですし、逃げ場はありません。でもお頭、それで奴らがお縄になっちまったら、風魔は統領の命を狙われた落とし前をどうやって……」

「奴らが捕縛されれば、尾張藩との関係も奴らの本当の狙いもわかる。その上で、俺たちが、天誅を下す相手を決めてもいいんじゃねえか」

「お頭、丹波黒雲党は長老たちでも、その正体を掴みかねている忍び軍団です。奴らが捕まったからといって、素直に全てを吐くとは思えませんが……」

佐助は小さく首を左右に振った。

「まあな。だが、上様の出方はわかる」

「上様の出方って、まさかお頭は本当に、将軍に天誅を下すなんてことを……」

「佐助、俺は風魔だ。将軍だろうが帝だろうが、義無き者と判断すれば天誅を下す。それが風魔の天命……ただそれだけのことだ。丹波黒雲党にしても、事と次第によっちゃ首領だけでなく、一族郎党根絶やしにしてくれるつもりだ。だが佐助、考えてもみろ。俺たちは京のことなど、なにも知らぬではないか。そんな場所に準備もせず、ただ出向けば返り討ちに遭うのが関の山。俺は一時の怒りで、大切な配下の者たちを危険な目に遭わせるつもりはねえ。お前さんはそう思わぬか」

虎庵は佐助に対し、諭すようにいった。

「お頭、済みませんでした」

佐助は素直に頭を下げた。

「佐助、お前さんは風魔の若手の中では、ずば抜けて賢く、そして冷静だ。だがお前さんは、俺が命を狙われたり、襲われたりすると冷静さを失っちまう。なぜだ」

「そ、それは、お頭は風魔の統領ですから……」

「風魔や俺の体面を考えてくれるのは有り難いが、お前も人の上に立つ者なんだ。一時の怒りは、一度は呑み込んじまう度量を持ってもいいんじゃねえか」

「怒りを呑み込む……」

「そうだ、怒りだけでなく、度を越えた喜びや哀しみも、人の判断を誤らせるものなんだ。よーく、憶えていてくれ」

「わかりました。肝に銘じます」

「そうか。それでは明日に備え、今日のところは休むとするか。そうだ、さっき俺たちが襲われたことは他言無用だ。愛一郎や亀十郎に、余計な心配をかけることもねえだろう」

虎庵はそういうと、大きな伸びをして奥の寝所へと向かった。

佐助はそんな虎庵の背に、深々と頭を下げた。

四

南町奉行所内の一番南側にある詮議部屋では、木村左内の報告を聞いた大岡越前がしきりに顎を撫で、剃り残しの髭を探していた。

左内はもちろん、これが大岡の困っているときに見せる癖ということは承知しているが、虚ろな目で天井を仰ぎ続ける大岡を見るのは初めてのことだった。

左内から亭主の富田屋吉右衛門とその一行と思しき死体が、横浜に打ち上げられた事実を聞かされたお菊も、畳に力無く腰を落として項垂《うなだ》れている。

「左内、これまでこの江戸にて、大名屋敷や小伝馬町の牢屋敷など、五十カ所近くで瓦の交換をしてきた者たちが、富田屋吉右衛門とその一行に成り済ましていた目的はなんなのだ」

大岡越前は天井を仰いだままいった。

「遠州袋井の富田屋は、この度の瓦交換に当たり、御側御用取次役の有馬様が直々にご指名されたとか」

「左様だ。尾張継友様から大火対策として、遠州の鬼瓦への交換と江戸の建物の瓦葺き化を上奏された上様が、有馬様に業者を選ばせたのだ」

尾張継友の上奏を受け入れれば、幕府は各藩に遠州の瓦問屋から大量の瓦を購入させることとなる。

誰もが尾張藩と瓦業者の癒着を懸念する構図だけに、吉宗は先手を打って御側御用取次役の有馬氏倫の仕切りにしたのだ。

「御奉行様、今回の瓦交換が有馬様仕切りの公務である以上、富田屋が指名されたことを知るには、それなりのお立場に無いことには……」

大岡は左内の言葉を遮るように右手を差し出し、金属音のような柏手を叩いた。

すると障子が開き、控えていた内与力が顔を出した。

「お菊に昼餉を……」

「はっ」

内与力はお菊の腕をとって立ち上がらせ、詮議部屋を出た。

「左内、なにがいいたいのだ」

体よく人払いした大岡越前がいった。

「御奉行様が、奴らの目的を訊かれましたからお答えしたまで。ただし」

「ただしなんだ」

「これ以上、奴らの目的や背後関係を探れば、我ら町方の出る幕は無くなるやも知れませぬ。ここは奴らが瓦屋に化けている間に引っ捕らえ、奴らが吐いた話によっては評定所にまわすべきかと存じます」

　左内は毅然とした口調でいった。

「だが奴らが常宿にしているのは、尾張藩茶頭小笠原宋易の屋敷。明朝、奴らが六番町に向かう途中で捕縛するとなれば、大捕物となるは必定。困ったな……」

「全ては御奉行様次第にございます」

　左内の言葉に、大岡はゆっくりと立ち上がった。

「わかった。とりあえず、登城して上様の判断を仰ぐこととする。左内、その方は奴らを捕縛するための、人手の準備をぬかりのないように」

　そういって部屋を出た大岡の背中を、左内は無言で見送った。


　翌朝、虎庵と佐助、亀十郎の三人は六番町の小幡藩上屋敷に向かった。

「佐助、見てみろ、やっぱり昨日の場所に左内の姿がねえ」

　虎庵は昨日、左内が小幡藩上屋敷を見張っていた四つ辻を指さした。

「すると、やっぱり夕刻には大捕物になるということですかね」

「絶対とはいえねえがな。左内の話ではここの他にまだ二軒、瓦を交換する屋敷があるそうだからな、奉行所が下手な動きをしなければ、やつらはこれまでどおり、昼間は瓦の交換作業を続けるだけだ。見張ったところで意味はねえからな。佐助、ちょいと門前の様子を見てきてくれ」

「はい」

佐助はいうが早いか四つ辻に走り、慎重に小幡藩上屋敷の様子を窺った。

そしてすぐに虎庵たちに手招きした。

「どうした、なにがあったんだ」

「昨日と同じで、門前に瓦が積まれ、屋根の上で作業が進められていますが、先生、あれを見てくださいい」

佐助はそういってその場にしゃがんだ。

虎庵が佐助の頭の上から覗くと、編み笠を被った着流しの侍が門前にたたずみ、屋敷の様子を窺っていた。

「誰だ、ありゃあ」

虎庵が呟いたとき、侍に気付いた門番が駆け寄り、大袈裟に手を振って追い払った。

「先生、あの侍、こっちに向かってきますぜ」

「佐助、ここはお前に任せる。野郎が何者か探ってくれ」

「はい」

虎庵と亀十郎はそそくさとその場を退いた。

そして十間ほど後方に積まれていた、天水桶の陰に隠れた。

向かってくる侍の様子を探っていた佐助が、猛烈な勢いで四つ辻に飛び込んだ。そして見事に編み笠の侍に激突した。

「す、すいやせんっ、急いでおりましたもので」

斬り捨て御免にされても、文句が言えない無礼な振る舞いだけに、佐助は侍と一間以上も間合いをとった。

「なんだ、佐助殿ではないか」

左手で編み笠をわずかに上げた侍がいった。

「ゆ、幽斎様っ！」

佐助がわざと大袈裟に叫んだ。

その声を聞いた虎庵と亀十郎が慌てて走り寄った。

それを見た幽斎は背後の門前を一度だけ振り返ると両腕を広げ、三人を元いた場所に押し戻した。

「幽斎殿……」

「虎庵殿、話はあとだ。このあたりはそこら中に御庭番の目が光っている。とりあえず、この場を離れるんだ」

「やはりそういうことか。この先の三年坂を下った先の辻番所裏に舟を止めてある」

「先生、私は一足先に良仁堂に戻ってますんで」

虎庵と幽齋、亀十郎と大柄な三人の体格を考えると、小さな猪牙舟に四人乗りは無理と気遣った佐助は、風のようにその場を去った。


虎庵が幽齋とともに良仁堂に戻ったのは、半刻後のことだった。

「幽齋殿、根来寺の小坊主たちの件は……」

長椅子に深々と身を沈めた虎庵は、単刀直入に訊いた。

「越前殿から聞き及んでおります。虎庵殿には迷惑をかけてしまったようで」

「なに、幽齋殿が行方知れずで心配になり、根来寺まで様子を見に行ったのだが、そこで死体を発見するはめになっちまったんだ。そんなことより、幽齋殿はどこでどうなさってたんですかね」

虎庵は佐助が用意した茶を一口すすった。

「おいおい、丹波黒雲党のことを調べてくれといったのは虎庵殿だぞ。どこでどうなさってたとは、ご挨拶ではないか」

「まさか、京に……」

「そのまさかだ。それがしが京に行ったのは、上様が将軍になられた前の年だから、もう六年も前のことだが、それにしても京の不景気振りは江戸の比ではなかった。ただ一カ所を除いてな」

幽斎も茶を一口すすった。

「ほう、その一カ所ってのは」

「祇園だよ。どうやら島原遊郭に見切りをつけた丹波黒雲党は、祇園で茶屋遊びを流行らせたそうなのだが、京に藩邸を持つ西国大名はもとより、歌舞伎役者に大商人、公家衆までが祇園に足繁く通っているそうだ」

「茶屋遊びねえ」

「中でも霊元法皇の側近で、桃園冬恒という公家が一番派手に遊んでいるそうだ」

「俺は堂上家について詳しくないが、その桃園冬恒とかいう公家は、やっぱり摂家、清華家、大臣家とかいう、お偉方なのかね」

元武士の虎庵が、堂上家と呼んだのは公家のことだ。

公家の世界には摂家、清華家、大臣家、羽林家、名家、新家という順番で厳格な家格があり、武士のように下克上は絶対に許されない。

通常、公卿と呼ばれるのは位階が三位《さんみ》以上で、官職が参議以上に就いている者で、それ以下の者は平堂上と呼ばれ、明確に区別されている。

「堂上家という呼び名を知っていて、どこが詳しくないのだ」

「まあ、いいじゃねえか」

「桃園冬恒って公家は、五十年ほど前に幕府に認められてできた新家だ」

「けっ、新家といったら知行百石に過ぎない、最低位の公家じゃねえか。それがなんで祇園で一番派手な遊びができるんだ」

「聞くところによると、いつも武士が同伴しているようだ」

「かーっ、夜毎、お公家と遊びまくる武士ってのも、気持ちが悪い野郎だな」

「武士の名は景山無月、尾張藩甲賀組組頭だ」

「な、なんだとう？」

「もし桃園冬恒が、聖徳太子の昔より帝と朝廷に仕えてきた、丹波黒雲党と繋がっていれば、丹波黒雲党と尾張藩が繋がることになる」

「奴らが手を組んだ目的は……」

「さすがにそこまでは、わからなかった」

幽齋はそういうと立ち上がり、縁側まで進み出た。

「虎庵殿、この庭は嫌味のない、本当にいい庭だな」

幽齋は大きな伸びをして、その場で胡座をかいた。

春の暖かな日差しを全身で楽しむかのように、幽齋は背筋を伸ばして胸を張り、そっと目を閉じた。

「虎庵殿、つかぬことを伺うが、将軍が吉宗様でなく尾張継友だったら、十代目風魔小太郎を継いだかね」

「難しい質問だな。吉宗様が将軍になっていなければ、俺が上海から呼び戻されることも、なかったんじゃねえかな」

　そういって虎庵は幽齋の右手に座った。

「そうかな。風魔には大権現家康様の約定と天命がある。虎庵殿のいうように、吉宗様が将軍になっていなければ、江戸に呼ばれることがなかったのは我ら根来衆だ」

「うーん、幽齋殿がなにをいいたいのか、俺にはわかりかねる」

「もし吉宗様がなんらかの理由で失脚し、尾張継友が将軍になれば、風魔も根来も邪魔者になるということよ」

「まあ、歓迎はされねえだろうな」

「例えばこのまま、将軍家と尾張徳川家の対立が続き、幕府の政がままならぬ状態になったら、風魔は将軍と尾張のどちらに義がないとするのだ」

　虎庵を見た幽齋の目は真剣だった。

「徳川宗家の大統が途絶え、紀州徳川家が本家となった瞬間、御三家の役目は終焉を迎えた。つまり吉宗様は家康同様、自身の息子たちによって新たな御三家を作るべきなのだ。なのに尾張徳川家の横暴を許し続けるのなら、吉宗様には義もなく、将軍の器にあらずということになる」

「それが尾張徳川家の狙い、風魔に吉宗様を始末させることが目的の横暴とわかっていてもか？」

「やはり幽斎殿も、そこに気付かれたか」

「いくらそれがしが愚かでも、倅の介錯人にまで追い込まれればな……」

幽斎は自嘲気味に鼻で笑ったが、その目尻から頬を伝ったひと筋の銀線を虎庵は見逃さなかった。

五

黄昏時までは小半時あまり。

小幡藩上屋敷の門前では、瓦職人たちが慌ただしく掃除を終え、帰り支度に追われていた。

虎庵、幽斎、佐助、亀十郎の四人は、三年坂を上がった辻で表六番町通りを左に曲がり、素知らぬふりをして小幡藩上屋敷の門前をとおり過ぎた。

南町奉行所の捕り方は、小幡藩上屋敷の門前以外の三方を完全に取り囲んでいる。

そしてあたりで呼子が鳴り響き、四人が門前を担当する五十名ほどの捕り方とすれ違ったときに事件は起きた。

突然、丹波黒雲党によって長屋門が閉じられた。

屋敷内でなにやら物物しい気配がし、悲鳴とも怒号ともつかない声が上がった。

門前に控えていた捕り方が、長屋門に駆け寄ったとき、中で爆発音がした。

「佐助、なんだ、あの爆発音は」

「わかりません」

「いくぞっ！」

虎庵はすれ違った捕り方の最後尾を追った。

門前まで十間ほどの所まで近付くことはできたが、門前は捕り方で一杯でそれ以上近付くことができない。

すると小さな爆発音が続いた。

母屋の屋根が何カ所も陥没し、そこから紅蓮の炎が噴き上がった。

屋敷を取り囲んでいた捕り方は、夕暮れの空を焼く劫火の勢いにひるみ、誰もがその顔を歪めた。

一方、屋敷内では、伏見屋陣内率いる丹波黒雲党と小幡藩士が、壮絶な戦いを繰り広げていた。

屋敷のまわりで鳴り響いた呼子を合図に、白刃を手にした五十人ほどの侍が母屋から飛び出し、鬼瓦の交換を終えて帰り支度をしていた丹波黒雲党を取り囲んだ。

もっとも大坂の陣から、武士は百年以上も実戦から遠ざかっている。

闇仕事に命を張り、敵を殺すことに躊躇のない忍び軍団の丹波黒雲党から見れば、道場剣法しか知らぬ武士など赤子の手をひねるようなものだった。

「お頭っ！」

若衆頭が陣内を振り返った。

「かまうことあらへん。殺っちまうんやっ！」

門扉を閉じた陣内の声と同時に、匕首や鎌など様々な得物を手にした丹波黒雲党は、一斉攻撃に転じた。

周囲を取り囲む小幡藩江戸詰藩士に投げつけられた、無数の五寸釘や手裏剣はことごとく藩士の下半身を捉えた。

激痛に顔を歪めた小幡藩士が、次々とその場に崩れた。

丹波黒雲党はそんな小幡藩士に容赦なく飛びかかり、心の臓を突き、喉笛を切り裂いた。

瞬く間に三十人あまりの侍が惨殺された、阿鼻叫喚の地獄絵図を目の当たりにした小幡藩士は怖じ気づき、哀れだった。

蜘蛛の子を散らすように、藩邸内を逃げまどう者の中には、死の恐怖に駆られて小便で袴を濡らす者、奇声を上げながら涙する者と、武士とは思えぬ振る舞いをする者が後を絶たなかった。

「お頭、屋敷のまわりは完全に捕り方が包囲しています。本当に大丈夫なんでしょうね」

瓦交換の現場を取り仕切っていた若衆頭は、不安げな顔で陣内を見た。

「大丈夫や。あと少しや」

陣内がそういって屋根を見上げると、轟音とともに大穴があき、凄まじい炎が噴き上がった。


小幡藩邸の門前では、馬上の十手を手にした左内が分厚い門扉を何度も叩いた。

「門番、開門っ！　開門しろっ！　この門が焼ければ、貴藩はお取り潰しだぞっ！」

この時代、大名屋敷からの出火は、被害が門の内側だけで済めば責任は問われない。だが門に延焼すれば、それは屋敷外に被害を及ぼしたことになり責任を問われることになる。

左内の声が届いたのか、門の向こうでガタガタと閂を外す音が聞こえ、扉がゆっくりと奥に開いた。

門が開いたところで、中は大名屋敷。

火事であろうと町方が踏み込める場所ではなかった。

母屋が炎上する劫火に浮かんだ、地面の血の池に転がる小幡藩士の死体に、左内も捕り方も言葉を失った。

しかも屋敷内に、丹波黒雲党の姿は見あたらなかった。

凄まじい熱風が門内から吹きだした。

左内の騎馬が、凄まじい炎の勢いに怯えていなないた。

門前にいた捕り方が、押し寄せてくる恐怖に次々と後じさったその時だった。

「どけどけどけいっ！」

門前で混乱する捕り方の向こう側に、提灯のついた長い竹竿を掲げた中間がわずかに見えた。

その背後にはなにやら黒っぽい纏《まとい》を掲げた、頭巾に火事羽織を纏った中間が続いている。

「佐助、あれは」

門前から二十間ほど離れた場所にいた虎庵がいった。

「先生、あの馬に乗った侍の派手な火消し装束、奴らは大名火消しです。ほら、あっちには旗本の定火消しも来てます」

番町といえば、ほとんどが旗本の住まいだ。

旗本が組織する定火消しの反応は早かった。

大名火消しは門前にいた町方を蹴散らし、次々と門を潜り藩邸内に飛び込んだ。

「佐助、あれを見ろ」

虎庵が白壁の土塀の上を指さした。

門前のどさくさにまぎれ、職人風の男たちが次々と土塀を乗り越え、大名火消しの列にまぎれていった。

「あいつらは丹波黒雲党に間違いないっ！」

幽齋が叫んだが、目前の人垣が邪魔になって手も足も出ない。

騎馬に跨ったまま反転した左内が、なにごとかを叫びながら捕り方を蹴散らし、虎庵たちの脇を走り去った。

「今宵の捕り物は、大岡たちの完敗だな」

虎庵は独り言のようにいった。


四半刻後、火事場を離れた虎庵たち四人は、花房町の「甚鎌」の二階で軍鶏鍋を囲んでいた。

「御奉行様も、まさか丹波黒雲党の連中が屋敷に火を点けるとは、思っていなかったんでしょうね」

佐助がグツグツと煮えたぎる鍋に、軍鶏肉を足した。

「あの火の廻りの早さと勢いは尋常じゃなかった。道灌山の佐竹屋敷が焼けたときも、あんな感じだったんだろうな」

虎庵はチリチリと縮んだ軍鶏肉を箸で摘み、丁寧にひっくり返した。

「虎庵殿、佐竹様のお屋敷が焼けたのか」

「ああ、幽齋殿が京に行っている間のことだった。あのあたりで商売をしている船頭の話によれば、遠州の鬼瓦に替えたばかりだというのに、火が出たかと思ったら、あっという間に屋根に穴があき、そこから何本も火柱が上がったそうだ」

「今日の火事と、同じということか」

「佐竹屋敷の火事も、理由はわからないが丹波黒雲党の連中が焼いた、と見るべきだろうな。それにしても佐助、騎馬で逃げ帰った時の左内の顔を見たか」

「ええ、まったく血の気が引いてましたね。本当は小幡藩士が、門前に丹波黒雲党の連中を追い出してくれ、それを一網打尽にしようって手はずだったんでしょうが、門の中には侍の死体がゴロゴロ転がってましたからね」

「今夜の奉行所の動きは、丹波黒雲党に察知されていたということなんだろうな」

虎庵は煮上がった軍鶏の肉を摘み、生卵を溶いた小鉢に落とした。

「虎庵殿、小幡藩士は返り討ちに遭ったと見るべきだろう。今時の武士など名ばかりで、丹波黒雲党にかかれば赤子も同然だ」

「なるほどな。文治の権化ともいえる大岡越前らしい、武士を過信した策だったということか」

「虎庵殿、皮肉が過ぎますぞ」

幽齋は持っていた箸で、鉄鍋の縁をコツコツと叩いた。

「先生なら、どういう策をたてましたか」

「佐助、奴らの目的はわからねえが、奴らが富田屋吉右衛門に成り済ました以上、今回予定されている五十カ所ほどの鬼瓦交換が終わるまで、動き出すわけがねえと思わねえか」

「なるほど」

「つまりお菊の証言で、奴らが富田屋吉右衛門一行ではないとわかったからといってだな……」

「慌てて動く必要はねえということですか」

「そのとおり、俺なら鬼瓦交換の作業が残り一軒となったところで、上様からの褒美を取らせるとかいって城中に呼び出し……」

「虎庵殿、城中で捕り物など、無茶をいうな」

幽齋は呆れた。

「そりゃそうだな。じゃあ、南町奉行所の鬼瓦も交換したいので、様子を見に来いといっておびき出す。伝馬町の牢屋敷でもいいな」

「佐助殿、虎庵殿の策はともかく、今回の策を見る限り、越前殿が妙に焦りを見せていることは確かだ」

「佐助、俺たちにわかるはずもねえが、大岡越前をそこまで追い込み、判断を誤らせるようなできごとが、すでに上様のまわりで起きているということだ。俺は今夜あたり、左内ではなく、大岡越前が姿を現すような気がするぜ」

虎庵は手にした徳利を佐助に差し出した。

その向かいで、幽齋も大きく頷いた。


その頃、江戸川橋で陣内たち丹波黒雲党を乗せた三艘の川舟が、神田川をゆっくりと下っていた。

本所の小笠原宋易の屋敷には、町奉行所の手が回っていると察した陣内は、宋易が経営する雑司ヶ谷の夢幻堂に逃げ帰り、すぐにさらなる行動に出た。

「お頭、この舟はどこにむかっとるんや」

脚に大怪我を負い、晒しでグルグル巻きにした鉄二郎が訊いた。

「築地の尾張藩蔵屋敷や。儂らのことが町奉行所に知れた以上、今日から儂らは江戸焼き討ちの日まで、尾張藩船に乗って江戸湾を彷徨うんや。そして仕事を終えたら船を乗り換えて京に戻る、それだけや」

「なるほど、尾張藩の蔵屋敷なら、町奉行所は手も足も出んわな」

「それならいいんやがな」

「お頭、どういう意味や」

「鉄、儂らの正体が、なんで町奉行所の連中にバレたんや。しかも、小幡藩の連中が儂らに襲いかかってきたということは、小幡藩に対して町奉行所ではなく、幕府の命が下っていたということやろ」

「ま、まさか景山はんが……」

鉄二郎は脳裡をよぎった景山への疑念に、思わず下唇を噛んだ。

「鉄、馬鹿なことをいうもんやないで。それより、なにがどこまで幕府の連中に知れてるのか、ここはじっくり確認するべきや。そんなこともわからずに動けば、儂らは飛んで火にいる夏の虫や……」

「お頭、もし、すべて幕府にバレているとしたら……」

「その時は、黙って京に帰る。それだけのことや」

陣内はどこまでも冷静だった。

柳橋を潜った陣内の鼻を潮の香りが撫でた。

第四章　疑惑

一

江戸城二の丸にある紅葉山文庫では、赤尾渋垂郡辺神社の赤いお守り袋を囲むように、将軍吉宗と御側御用取次役の有馬氏倫、南町奉行大岡忠相の三人が座っていた。

「困ったことになったな」

吉宗は憔悴しきった顔でいった。

「上様、幽斎殿は……」

「京に行ったことはわかっているが、その後の足取りは不明だ。先日、紀州に行っている久通から届いた書状によると、孝次郎があんなことになってしまい、幽斎や根来寺本山の間に、俺に対する疑心が渦巻いているそうだ」

吉宗がいった久通とは、有馬氏倫とともに御側御用取次役を務める加納久通のことで、吉宗の特命を受けて紀州藩入りしていた。

「久通殿は紀州におられるのですか」

「ああ、頼致《よりよし》から相談があってな、俺の代わりにいってもらったのだ」

頼致とは吉宗が自分の後釜として紀州藩主に据えた、伊予松平家の二代当主松平頼致のことで、吉宗の従兄弟だ。

「忠相、風魔の方はどうだ」

「失礼ながら上様、風祭虎庵は将軍になったにもかかわらず、尾張徳川家に手をこまねく上様に、義はないと申しておりました」

「手厳しい物いいよのう。だが四十万両もの借金を抱える幕府を立て直すには、元徳川宗家の家臣、御三家が俺と手を携えて……」

「左様でしょうか」

大岡越前は珍しく、強い口調で吉宗を制した。

「忠相、どういう意味だ」

「上様はこの先、尾張家と水戸家、紀州徳川家をどうされるつもりですか」

「どうもこうもあるまい。御三家は御三家だ」

「上様が徳川宗家となったいま、他の松平家と同様に徳川一門となった御三家をいつまで存続させるおつもりですか」

「御三家が他の松平家と変わらない？」

「左様です。ご嫡男の長福様は、年が明ければ十歳になられますが、いずれ長福様が九代目将軍となり、弟君たちが新たな御三家となるのが筋ではございませぬか。すでに上様にとって、御三家は他の徳川の係累と変わりませぬ」

有無をいわせぬ大岡の口ぶりは、冷徹な官僚そのものだった。

情にほだされることなく、状況を冷静に判断して白黒をつけ、確実に問題を処理する大岡の能力を買ったのは吉宗だ。

だがまさか、その矛先が自分に向こうとは夢にも思わなかった。

そんな大岡が煙たくなったのか、吉宗は廊下に出て庭を眺めた。

「忠相、その方のいうこともわかる。だが世の中には、一刀両断でいかぬこともあるのだ」

「上様、今それがしが申したことは、それがしの意見ではなく、風祭虎庵が申したことなのです。幕府の和を乱し、御家騒動の火種である尾張徳川家の横暴をいつまでも見過ごすなら、将軍とて天誅の標的となることを免れぬと……」

吉宗の背中に語った大岡の声は震えていた。

「本当に虎庵が、俺を標的にすると申したのか」

「はい。根来衆に疑心を抱かせ、風魔に将軍を始末させることこそが、尾張の狙いだとも申しておりました」

「忠相、なんともややこしい話よのう。ならばいっそのこと、将軍の座など尾張継友にくれてやるか？」

廊下にへたり込んだ吉宗が、大きな溜息をついた。

そのとき庭先に黒装束が現れ、吉宗の耳元でなにごとかを囁いた。

「忠相、小幡藩上屋敷が焼け、丹波黒雲党を取り逃がしたようだ」

「ば、馬鹿な……」

「小幡藩士は予定どおり、捕り方の呼子を合図に奴らを屋敷外に追い立てようとしたそうだ。だが一瞬で屋敷に火を点けられて逆襲を受け、小幡藩士三十名ほどが犠牲となった」

「それにしても、屋敷は南町の捕り方が取り囲んでいたはずです」

「捕り方は火事場に駆けつけた大名火消しに蹴散らされ、そのどさくさにまぎれて逃走したそうだ」

「大名火消しとは……」

「尾張藩の者たちだ」

「う、上様……」

まったく予想外の展開に、大岡は固く握りしめた右の拳で自分の頬を打った。

「忠相、鬼瓦の交換と江戸の瓦葺き化の上奏を受けた折、俺と継友殿は互いに胸襟を開き、幕府の再建について話し合った。そして互いが抱える、獅子身中の虫どもを退治するために、徳川一門として協力を惜しまぬことを誓い合ったのだ。風祭虎庵に伝えてくれ。誰になんといわれようと、俺は継友殿を信じるとなっ！」

吉宗は大岡に対し、尾張藩内で起きている内紛の事実を虎庵に伝えるよう、暗に示唆していた。

「かしこまりました」

その場をすぐに立ち去った大岡の脳裡で、獅子身中の虫という言葉が何度も繰り返された。

夜半過ぎ、「甚鎌」から戻った虎庵と幽齋は縁側に並んで座り、大岡の来訪を待っていた。

大岡が来訪する約束をしているわけではないし、単なる勘に過ぎないのだが、ふたりは当たり前のように大岡を待っていた。

「幽齋殿は上様に対し、いつまで行方不明でいるつもりかね」

「孝次郎の一件は、根来衆と上様の信頼に亀裂を入れるために仕組んだ、尾張の謀略と心得ております。ならば奴らが満足するまで行方不明になり、上様との連絡を絶とうと思っていましたが、これから大岡殿に会うとなればそれまでですな」

「そうとも限らないいんじゃないか。なにかにつけて不満げな顔をして、上様への疑心を露骨に見せることで、大岡を騙すというのもおもしれえじゃねえか」

「なるほど、そういう手もありますか」

幽齋がクスクスと笑い出したところで、東側の塀にある通用門が軋みを上げて開いた。

「幽齋殿、お出ましのようだぜ」

虎庵は気付かぬ振りをして、幽齋に徳利を差し出した。

そこになにやら重そうな、風呂敷包みを右手に提げた大岡越前が現れた。

「さすがに夜中ともなると、寒さが骨身に凍みるな。叶うならそれがしも、一杯所望したいのだが……おお、幽齋殿ではないか。上様から京に上られたと伺ったが、すでにお戻りだったとは」

大岡は似合わぬ笑みを浮かべた。

少年のようなぎこちなさが、昼間の大捕物の完敗を物語っている。

「大岡様、部屋の中に燗酒も用意してありますから」

虎庵は持っていた茶碗を盆に置いて障子を開けると、幽齋にも手招きした。

「それではお言葉に甘えるとするか」

大岡が風呂敷包みを縁側に置くと、漬け物石でも置いたような鈍い音がした。

「手土産にしちゃ、美味くなさそうな音がしましたね」

「ああ、先生にぜひ見てもらいたくて持参した」

大岡はそういうと、いきなり風呂敷包みを開けた。

「鬼瓦じゃねえですか」

「ああ、偽の富田屋が屋根政という、浅草今戸の瓦屋に預けたものだ」

「ほう、これが遠州袋井の鬼瓦ですか。んん？　これは……」

しゃがみ込んで鬼瓦を確かめた虎庵は、鬼瓦の背面にある木製の栓を摘んだ。

「かまわぬから、その栓を抜いて匂いを嗅いでくれ」

「匂い？」

虎庵は怪訝そうに大岡を見ると、指示どおりに木製の栓を鼻先に当てた。

「こ、これは……」

嗅ぎ慣れぬ刺激臭が鼻を突いた。

「中身は抜いてあるが、越後で採れるという臭水《くそうず》だ」

臭水とは石油のことで、日本では自然に湧き出て黒い水の池のように溜まったものが、全国で散見できた。

この臭水が燃えることは江戸でも周知の事実で、貧しい人々が自分で汲んだ臭水を灯明に使うことも珍しくなかった。

「こんな物を屋根に載せてちゃ、火事になったらそれこそ火に油を注ぐようなもんじゃねえですか」

「それが奴らの狙いということだろう。鬼瓦を交換したところで木の栓を抜けば、臭水は屋根の土葺きや屋根板に染みこみ、一度火がつけば猛烈な勢いで燃え広がる。道灌山の佐竹屋敷、今日の小幡藩上屋敷のどちらもが、異常な速度で屋根が焼け落ちたのもそのせいだ」

「そのようですね」

虎庵が柏手を叩くと、隣の間で控えていた佐助が縁側に姿を現した。

「佐助、お前さんはどう思う」

「確かにとんでもねえ仕掛けですね」

佐助はそういうと、虎庵の耳元でなにごとかを囁いた。

「うむ、すぐに取り掛かってくれ」

虎庵が頷くと、佐助はその場を去った。

「いかがしたのだ」

大岡は露骨に内緒話をする虎庵を訝しげに見た。

「いえ、たいしたことじゃねえんです。それより、いつまでもそこにいたんじゃ風邪をひいちまいます。ささ、どうぞ」

虎庵は臭水でベタつく指を手拭いで拭いながら、大岡を招じ入れた。

そして火鉢の脇に置いた鉄瓶の肌を素手で撫で、中の燗酒の温度を確かめた。

「幽齋殿、ご子息の件はお気の毒だった……」

大岡は素直に頭を下げた。

だがその態度には、幽齋の心中を確認しようという思惑が歴然だった。

幽齋は大岡と目を合わせようともせず、そっぽを向いたまま返事もしない。

強ばらせた顔には、露骨な不快感を見せている。

幽齋が大岡を騙す方向に舵を切ったことを察した虎庵は、笑いを堪えながら大岡に畳みかけた。

「大岡様、幽齋殿がいくら信頼を寄せている上様とはいえ、極楽香に関するろくなお取り調べもないままに、孝次郎は切腹を命じられたんですぜ」

「わかっておる」

「なにがわかっているんですか。上様は極楽香の背後に尾張藩がいることを知っておきながら、孝次郎ひとりに責任をとらせた。つまり、尾張の罪をうやむやにするために、孝次郎は人身御供にされたんだ。尾張六十二万石の家臣団を、路頭に迷わせるわけには行かぬなんていい訳は、通用しませんぜ」

「済まぬ。孝次郎殿の件は、すべて上様を諌められなかった儂の責任だ。幽斎殿、このとおりだ」

大岡はそういうと、幽斎に向かって両手を突き、畳に額を擦りつけた。

「大岡殿、つかぬことを伺いますが、今日の大捕物は大岡殿の策ですか」

幽斎は相変わらずそっぽを向いたまま訊いた。

「いや、あれも偽の富田屋一行を一網打尽にしようと、上様の考えられた策だ。それがしは奉行所の鬼瓦の交換をでっち上げて、奴らをおびき寄せましょうと申し上げたのだが……」

「上様は、奴らが丹波黒雲党であると、ご存知ないのか」

「幽斎殿、いま丹波黒雲党と申されたか……」

大岡は虎庵たちが、なにをどこまで知っているのかを探るため知らぬ振りをした。

「左様です。大岡殿も憶えているでしょう、この江戸に極楽香を持ち込み、吉原乗っ取りを企んだ京の忍び軍団ですよ」

「今朝方、木村左内が同道してきた、富田屋吉右衛門の女房お菊の証言から、奴らが本物の富田屋吉右衛門と一行を殺害し、偽者に成り済まして大名屋敷の瓦を交換していたことは確認できた。だが奴らが、よもや丹波黒雲党だったとは……町奉行たる者が、慙愧の極みだ」

大岡は顔面を耳まで紅潮させて俯いた。

しかし大岡の芝居を見抜いている虎庵は、鼻白む思いで茶碗に酒を注いだ。

二

長い沈黙が続いた。

その間、一度たりとも自分を見ようとしない幽齋を見て、大岡はその真意を測りかねていた。

幽齋は自分の立場を考え、すでに孝次郎の件は水に流したはずと大岡はたかを括っていたが、幽齋は凍り付くような殺気を全身から放ち続け、未だ吉宗を許していないと判断するしかなかった。

「富田屋一行捕縛の大捕物の折、それがしは城中で上様、有馬様とともに報告を待っていた。その際、儂は虎庵殿から指摘されたとおり、上様が将軍の座につかれた以上、御三家は松平家同様、徳川の係累のひとつと申し上げた。そして、この考えは虎庵殿も同様で、尾張の仕掛けた罠にまんまとひっかかり、それでも尾張をこのまま放置するなら、風魔は将軍を標的にせざるを得なくなるともな」

長椅子に座り、訥々と話す大岡の目は虚ろだった。

「しかも、尾張は江戸の防火対策として大名屋敷の鬼瓦の交換と、民家の瓦葺き化を上奏しておきながら、その裏で御側御用取次役の有馬様が選んだ富田屋一行を襲撃して皆殺しにし、まんまと富田屋に成り済ました。しかも、臭水を詰めた鬼瓦を五十近い大名屋敷に仕掛けたということは、奴らは江戸を焼き払うつもりとしか思えねえでしょう」

虎庵は吐き捨てるようにいった。

茶碗に伸ばした大岡の手がブルブルと震えた。

「いかがいたしました」

「先生、儂が身の程もわきまえずに諫言している最中、庭先に黒装束の影が現れ、上様になにごとかを囁いた。そして上様は小幡藩上屋敷が焼け、確かに『丹波黒雲党を取り逃がした』と仰った」

「やっぱり上様は、奴らの正体を知っていたのか」

「しかもだ、敵は火事場に尾張藩の大名火消しが到着した、そのどさくさにまぎれて逃亡したともな」

「なんだって？　あの大名火消しが尾張藩ってことは、秘密裏に選ばれた富田屋の件も、今日の大捕物の策も、すべて尾張に筒抜けだったということじゃねえですか」

虎庵はあきれ果てた。

「虎庵殿、江戸の城中は、まさに魑魅魍魎どもの巣窟。家康公が登用した甲賀や伊賀、雑賀といった忍びから見れば、紀州から来た上様は新参者。上様はそんなやつらを徳川宗家や尾張配下とかんがえたからこそ、紀州から薬込役を呼び、我ら根来とも密約をかわしたのだ」

幽齋が口を開いた。

「あーあ、なんだか勝手にしてくれという気分になっちまったな」

「虎庵殿、それこそが奴らの狙いなのだ」

「幽齋殿、それはそうだが、将軍家の腐り具合、目に余ると思わねえか」

「おそらく、尾張藩は我ら根来衆と上様との関係を知っているのと同様に、虎庵殿の正体も、十代目風魔小太郎となったことも先刻承知のことだろう。その上で、上様と根来、風魔の離反を目論んだのだ」

「それが実現すれば、上様の味方は御庭番だけとなり、城内で完全に孤立しちまうか……危ねえな」

虎庵のひと言で、幽齋と大岡の脳裡に「暗殺」の二文字がよぎった。

「上様も、身の危険は十分に理解しているはずだ。にもかかわらず、尾張に手をこまねいているというのは解せぬ」

「幽齋殿、ここまできて尾張を処断せぬ上様に義はない。だがもはや傍系となった尾張が、将軍の座を狙っているとなればそれは謀反だ。本来なら上様が決断すべきことだが、江戸を火の海にされてからでは遅い」

「ちょっと待ってくれ、まさか虎庵殿は尾張継友を……」

幽齋の隣で、虎庵が不敵な笑みを見せた。

それを見た大岡が、慌てて口を挟んだ。

「こ、虎庵殿、待たれよ」

虎庵はもとより、大岡の意見に耳を貸すつもりなどない。

慌てふためく大岡を無視するように、煙管を煙草盆の火種に寄せた。

「虎庵殿、じつはそれがし、上様から言伝を預かってきておるのだ」

「上様から言伝？」

「ああ、上様は尾張継友様から鬼瓦の交換と江戸の瓦葺き化の上奏を受けた折、互いに胸襟を開き、幕府の再建について話し合ったそうだ。そして互いが抱える獅子身中の虫退治に、徳川一門として協力を惜しまぬことを誓い合ったそうだ」

大岡は唇を震わせた。

「互いが抱える獅子身中の虫？」

「そうだ。五代綱吉様と柳沢吉保によって、ないがしろにされていた徳川宗家の重臣が復活できぬよう、六代家宣様は側用人として間部詮房と新井白石を登用された。しかし上様はご自身が将軍となられるや、その間部と新井を罷免されてしまったのだ」

「上様が重しを外したことで、関ヶ原と大坂の陣の勝利に胡座をかいてきた魑魅魍魎どもが、またぞろ蠢きだした……」

「そういうことだ」

「ちょっと待ってくれ、間部、新井の代わりが、御側御用取次役の有馬氏倫、加納久通だったんじゃねえですか」

「虎庵殿、魑魅魍魎どもは徳川宗家の旗本で、将軍はまぎれもない主君だ。その主君の選んだ側用人に逆らうことは、謀反そのものだ。だが、紀州徳川家の上様は……」

「主君ではない……か」

「そういうことだ。そして徳川宗家の旗本が獅子身中の虫であることは、御三家の当主にとっては同じなのだ」

「上様は、徳川宗家の旗本と、尾張徳川家の家臣が手を組んでいると仰ったのか」

「虎庵殿、将軍家に巣食う虫はそれだけではござらぬ。大奥、そして御用商人、数え上げればきりがない。上様は獅子身中の虫が誰とは指摘されなかったが、『風祭虎庵に伝えてくれ。誰になんといわれようと、俺は継友殿を信じる』とだけ仰った」

大岡は真っ赤に充血させた目で、虎庵を注視した。

唇の震えは全身に伝播し、大岡は肩までわななかせている。

「幽斎殿……」

「虎庵殿、全ての鍵は、やはり……」

「丹波黒雲党か」

「左様。朝廷に仕えてきた、丹波黒雲党と尾張をなにが結びつけたのか」

「やはり、金なんだろうな」

「朝廷や公家の窮乏を知る旧徳川宗家の旗本が、上様の将軍宣下を良しとしない尾張徳川家家臣団に、朝廷との共謀をそそのかしたか……」

「幽斎殿、ちょっと待ってくれ。近さでいえば、遥かに大奥の方が朝廷に近いだろ」

「それはそうだが……」

「将軍にしろ、御三家の当主にしろ、死ねば次が立つだけのことだ。だがそれでは利権を失う者たちがでてくる。そいつら全員に動機があることになっちまう」

虎庵は眉根を寄せて眉間に深い縦皺を刻み、苛立たしげに煙草をふかした。

「かつて丹波黒雲党は、虎庵殿の首に千両もの賞金を懸け、風魔の本拠吉原に極楽香を持ち込んだ。幸い、それに気付いた風魔によって撃退されたが、虎庵殿は丹波黒雲党はなんのために、そのようなことをしたと考えているのだ」

「幽斎殿、あれは風魔の実力を探るための小手調べだ」

「吉原乗っ取りは……」

「ありえねえな。吉原を乗っ取るには、江戸の風魔を根絶やしにせねばならぬ。だが我らも、指を咥えてやられているわけではない。丹波黒雲党の本拠、京の町を火の海にすることも辞さぬ。それを知らぬ、奴らでもあるまい」

「ならばこの先、風魔はいかがされるおつもりか」

「幽齋殿、俺は風魔の統領として、上様の義と尾張継友の義を測ってきた。だがそれこそが敵の思うつぼなのだろう。上様が尾張継友に信を寄せているとわかった以上、これからの動きは俺の私怨によるもの」

「私怨？」

「ああ、我が友を死に追いやり、この江戸を焼き払おうとする輩を始末する」

「我が友？」

「ああ、幼き我が友、孝次郎の怨みを晴らすのだ」

「霊元法皇の側近、桃園冬恒、尾張藩甲賀組組頭景山無月に天誅を下されるか」

「それもあるが、丹波黒雲党の首領がわかってねえからな」

「心当たりはあるのかね」

「ない。だが富田屋一行の中にいるはずだ」

　虎庵は咥えていた煙管の雁首を煙草盆の灰吹きに叩きつけた。

　小気味よい音があたりに鳴り響いた。

「幽斎殿、霊元法皇の側近、桃園冬恒と景山無月とは何者だ」

大岡は初めて聞く名に、思わず身を乗り出した。

「吉原が風魔の本拠であるように、京の祇園は丹波黒雲党の本拠ですが、このところその祇園で桃園冬恒と景山無月がつるみ、派手に遊んでいるそうです」

「尾張の甲賀組組頭と霊元法皇の側近とは、いかにも怪しげだな」

「霊元法皇の側近、桃園冬恒と丹波黒雲党の関係が、明らかになっているわけではないが……」

「虎庵殿、幽斎殿、いわずもがなだが、この件は上様も知るまい。それにしても根来衆の情報収集能力には恐れ入った。上様が合力を望まれたわけだ」

ひとり何度も頷いた大岡の体から、震えが消えていた。

「そうでしょうかねえ。上様は朝廷と尾張が近付いたことも、先刻承知だったんじゃねえですか。だから下手に、尾張を断罪できなかったんだ。問題は尾張をけしかけた旧徳川宗家旗本と、それを受けた尾張の家臣で、そいつらがすぐに尻尾を掴まれるようなドジを踏むとは思えねえ。桃園冬恒は霊元法皇のお気に入りで側近だそうだが、五十年ほど前に幕府に認められた最低位の新家だ。尾張藩甲賀組組頭景山無月にしたって、黒幕というにはチンピラ過ぎるでしょう」

「ならば虎庵殿はどうされるつもりだ」

「大岡様、京にいる桃園冬恒はともかく、景山無月と丹波黒雲党の首領を血祭りに上げれば、嫌でも黒幕は動かざるを得ないでしょう。そこで大岡様に相談だが、丹波黒雲党の連中が今どこにいるのか、教えていただけませんかね」

虎庵は大岡の茶碗が酒で満たされているにもかかわらず、燗酒の入った鉄瓶を差し出した。

それを見た大岡は、両手で持った茶碗の酒を一息で呷った。

「わ、わかった。御庭番の報告では、雑司ヶ谷の夢幻堂に逃げ込んだ丹波黒雲党は、三艘の川舟に分乗して築地の尾張藩蔵屋敷に入ったそうだ」

「尾張藩の蔵屋敷？」

「奴らが鬼瓦を交換する予定だった屋敷は、あと飯田町の鍋島様のお屋敷、駿河台の山城藩上屋敷の二カ所を残すのみだ」

「今日の大捕物があった上で、奴らがその二カ所に姿を現すわけもねえし、江戸を焼き払うにしても、幕府にバレている以上、その目を欺いてことを起こすのは簡単なことじゃねえ。幽齋殿、どう思う」

虎庵は幽齋にも鉄瓶を差し出した。

「大岡殿、確か偽の富田屋一行は、船で入府したはずでは」

「ああ、見本の瓦を満載した五百石船だ」

「その船は……」

「すぐに清水に戻ったが」

「おかしいな。奴らは三十を超える大人数。江戸を焼き払ったあと、京まで陸上を戻るのは危険すぎませんか」

茶碗の酒を飲みながら、幽斎は大岡を見据えた。

「そういわれてもなあ……。ま、まさか」

「どうしました」

「今、尾張藩の蔵屋敷沖に、尾張の藩船が停泊しているのだが……」

大岡が話し終える前に、虎庵と幽斎は茶碗を置いて部屋を飛びだした。

三

一刻後、亀十郎が艪を握り、虎庵と幽斎を乗せた舟は尾張藩蔵屋敷沖に到着した。

だがあたりは漆黒の闇に包まれ、停泊しているはずの藩船の船影すら見つけることはできなかった。

「幽斎殿、丹波黒雲党の連中は、船で京に舞い戻ったとは考えられぬかな」

「そうでしょうか。今から早馬を出せば陸上の関所で検問をさせ、尾張名古屋沖にしろ、大坂沖にしろ、公儀が尾張藩船に臨検をかけることは可能です」

「そうだよな。あまりに危険すぎるよな。てえことは、尾張藩船以外に船があるということか」

「それがしが丹波黒雲党の首領なら、この江戸湾のどこかに帰り船を用意します」

「この江戸湾のどこかか。俺たちが調べるにはいかにも広すぎるな」

「それがしに考えがあります。とりあえず、戻りませんか」

「戻るのはかまわねえが、随分、思わせぶりなことをいうじゃねえか」

「誤解ですよ。なに、大岡殿を通じて佃衆に合力を頼むだけですよ」

佃衆とは、徳川家康が摂津の佃から移住させた漁民たちのことで、家康は島の土地を与える代わりに江戸湾の監視を命じたといわれているが、その真偽は定かではなかった。

「佃衆ねえ。じゃあ、佃衆が家康の隠密という噂は本当ってことかい」

「ま、そういうことです。とにかく戻りましょう」

「わかった。亀十郎、屋敷に戻るぞ」

わずかながら東の空が白み始めてはいたが、夜明けまでにはまだ間がある。

艪を握る亀十郎は、その腕に力を込めた。

夜明け近く、尾張藩甲賀組組頭景山無月、伏見屋陣内とその一行を乗せて尾張藩蔵屋敷を出た五百石船は、木更津沖に到着していた。

小幡藩上屋敷での作業を終える前、大岡たち南町奉行所の動きを察した景山無月の機転で、陣内たちはどうにか現場からの逃走に成功した。

だが陣内は、一歩間違えれば全員が捕縛されていた危機に、無月のたてた作戦に、大きな不安を抱いていた。

それを察した無月が先に口を開いた。

「陣内殿、鉄二郎が十代目風魔小太郎を襲撃し、返り討ちにあったことをなぜ黙っていた」

腕を組み、船縁にもたれた無月の淡々とした口調に、怒りを察した陣内は素直に詫びることにした。

「鉄二郎は、可愛がっていた殺し屋を四人、風魔に殺されておりましてな、無茶はするなとゆうとったんやが……すんまへん」

「そんなことだろうとは思っていたが……」

「しかし無月殿は、なぜ鉄二郎が返り討ちにあったことをご存知なんや」

「蘭方医風祭虎庵こと十代目風魔小太郎については、我らの配下の甲賀者が常にその動きに目を光らせておるのだ」

「左様でしたか。それでは今回の南町奉行所の動きが読めたのも、奉行所内に無月様の手の者からの……」

「いわずもがなのことを申すな」

「ならばお尋ねしますが、我らの動きがバレた今、このあと無月様はいかがされるつもりですか」

「屋根政に奉行所の同心がやってきて、預けてあった鬼瓦を持っていったそうだ」

「臭水入りの鬼瓦をでっか？」

「ああ、おそらく明日には、これまで交換作業を終えた大名屋敷の鬼瓦が、幕府の手によって元に戻されるだろう」

無月はそういって陣内を振り返ると、右の口角を上げる不敵な笑みを見せた。

陣内は無月が臭水を仕掛けた鬼瓦を用意した意味をようやく理解した。

無月は今回の事態を事前に想定し、陣内たちが屋根裏に仕掛けた導火線の火龍から目を逸らすために、鬼瓦にわかりやすい仕掛けを施したのだ。

「無月様は恐ろしいお方や」

「吉宗と大岡越前の動きは裸も同然。しかも奴らは、今回の件で我らの目的は江戸の焼き討ちと思いこむはずだ。まさか我らの目的が、別にあるとは夢にも思うまい」

「それでは我らは、このまま紀州に向かいますか」

「いや、御側御用取次役の加納久通はまだ和歌山城内だ」

「加納たち一行が、帰路に海路を選ぶのか、あるいは中山道と東海道のいずれかを選ぶのか、それが確定してからでも遅くはないということですな」

「左様、吉宗と大岡の動きを確認した後、我ら甲賀が江戸に火を放つ。加納を殺るのはそのあとのことだ。陣内殿にはしばし、この船で江戸湾を彷徨っていただこう」

「ならば、江戸が炎上するのを楽しみにするとしますか。しかし、無月様がその首を狙う加納久通とは、いったい何者なのですか」

　今度は陣内が不適な笑みを浮かべた。

「御側御用取次役の加納久通は、湯殿番の子として産まれた吉宗が預けられた、紀州藩士加納五郎左衛門の次男で吉宗の傅役《もりやく》だ」

「次男ということは、加納家の部屋住みではないですか」

「ああ、湯殿番の子と蔑まれて育った吉宗にしてみれば唯一の味方であり、五歳になった吉宗が紀州徳川家に引き取られるのと同時に、二百石取りの紀州藩士としてとりたてられた、たったひとりの家臣だった」

「吉宗という男は、若い頃から恵まれた体格と体力を持てあまし、粗暴で短慮で女好きだったと聞いておりますが……」

「夜毎、江戸の岡場所に通っては放蕩の限りをつくし、なにかと問題を起こしていたそうだが、そんな吉宗の影のように帯同し、全ての尻ぬぐいをしてきたのが加納久通だ。吉宗は正徳六年（一七三八）五月十五日、将軍継嗣が決定するや、その翌日の十六日には、有馬氏倫と加納久通を御側御用取次役に抜擢し、加納久通を千石取りの直参旗本に出世させた」

「吉宗にとって加納久通とは、もっとも信頼のおける腹心の部下であり、一心同体の懐刀ということですか」

「紀州藩御用役兼番頭という一千二百石取りの有馬が、御側御用取次役を仰せつかることに幕閣の多くは納得した。だがどこの馬の骨とも知れぬ加納の抜擢には誰もが首を傾げ、様々な憶測を呼んだのだ」

「憶測？」

「吉宗は長兄の紀州藩主綱教が急死し、その半年後に藩主となった次兄頼職《よりもと》が死んだことで、二十二歳にして紀州藩主となった」

「紀州藩にとっては不幸の連続が、お湯殿の子吉宗には幸運の連続だった……」

「表向きはな。じつは次兄頼職が体調を崩した折、時の将軍綱吉から見舞状が送られたのだが、頼職は紀州藩の藩医がいるにもかかわらず、将軍奥医師の派遣を望んだのだ」

「まさか、紀州藩医が……」

「そのまさかだよ。不審に思った老中が、すぐさま和歌山に将軍奥医師を送ったが、頼職はすでに死んでいたそうだ。しかもだ」

「まだあるのですか」

「正徳三年（一七一三）七月二十五日、我が尾張藩の先代藩主、吉通様が寵臣守崎頼《たの》母《も》宅で憤死なされたことだ」

　無月はにわかに苦悩の表情を浮かべ、下唇を噛んだ。

「確か、徳川吉通様は、饅頭に当たって亡くなられたのでは」

「腐れ饅頭など、百個食らっても死ぬわけがない。吉通様は十日も前から疝気《せんき》を訴えられ、藩医が薬を調合したがそれも効かず、大量の鮮血を吐き、悶え苦しみながら亡くなられたのだ。あれはどうみても、毒殺に間違いないっ！」

　無月は両の眼に涙を浮かべ、声を荒らげた。

「つまり無月様は、吉通様の死は吉宗の仕業と……」

「我ら甲賀衆は、吉通様が亡くなる三月ほど前、守崎頼母が深川の料亭で不審な侍と頻繁に会っている事実を掴んでいた」

「その侍が加納久通だったのですか」

「残念ながら、侍は周到にも毎回舟を用意していて、正体を突き止めるには及ばなかった。だがその後、吉通様の子五郎太様が三歳で襲封されるも、五郎太様も謎の死を遂げられ、尾張藩内は千々に乱れた。そして三年後、将軍家宣様の正室天英院と間部詮房は、吉通様の重しがとれたのをいいことに、吉宗の将軍継嗣を決めたのだ」

「無月様はその全てが吉宗の陰謀であり、その実行犯が加納久通といわれますか」

「左様だ。大岡越前の言質によれば、すでに根来衆は吉宗と距離を置き始め、わけのわからぬ風魔は、吉宗への天誅を検討しているそうだ。ここで加納久通を殺してくれれば、吉宗など羽をもぎ取られたシオカラトンボ同然だ」

「しかし、それで吉宗を殺したところで、将軍の座は吉宗の嫡男長福に移り、尾張の出番はないのではございませんか」

「ふふふふ、だからこそ、我ら尾張は丹波黒雲党の合力を望んだ。その理由は陣内殿が一番ご存知だろう。尾張が考える公武合体と、風魔に代わって丹波黒雲党が江戸の闇を仕切るようになれば、世の中は変わるということよ」

「その世は、果たして誰のための世なのか……」

無月と陣内は顔を見合わせ、大きく頷いた。


虎庵と幽齋が良仁堂に戻ると、風呂敷包みを前にした佐助が待っていた。

佐助は虎庵に命じられ、丹波黒雲党が鬼瓦の交換をした大名屋敷のひとつに忍び込み、調査を終えてきたのだ。

「先生、お帰りなさい」

「佐助、ご苦労だったな。その風呂敷包みはなんだ」

虎庵と幽斎は佐助の向かいの長椅子に腰掛けた。

「築地にある高槻藩中屋敷の屋根裏で見つけた物です」

「屋根裏？」

「はい。確かに鬼瓦は臭水が仕込まれた、遠州瓦に交換されておりました。それでついでに屋根裏に忍び込んだところ、これを見つけたというわけです」

佐助が包みをほどくと、油紙を巻いた太い縄のような物がとぐろを巻いていた。

「なんだ、これは……」

「これが屋根裏の梁や柱の陰に、隠すように張り巡らされていたんです」

佐助はそういうと懐から匕首を取りだし、奇妙な縄を三尺（九十センチ）ほどの長さで切断し、用意していた提灯に火を灯し庭先に飛び降りた。

「いいですか、見ていてください」

佐助は庭に縄を置くと、提灯から取り出した蝋燭でその先端に火を点けた。

縄は閃光と白煙を発しながら、猛烈な勢いで燃え上がった。

「ど、どういうことだ」

虎庵と幽斎は息を呑んで炎を見つめた。

「我ら忍びが炮烙玉に使う導火線と同じ物かと思います」

「導火線？」

「この縄は、荒縄の芯に火薬を巻き付け、その上から油紙を巻いた物で、屋根裏でこいつに火がつけば、屋根裏は瞬く間に火の海となるはずです」

「丹波黒雲党の狙いは、臭水を仕込んだ鬼瓦ではなく、大名屋敷の屋根裏にその導火線を仕込むことだったのか」

「はい。今回、鬼瓦を交換した大名屋敷は四十八。その内、道灌山の佐竹屋敷と小幡藩上屋敷はすでに焼け落ちていますが、残りの四十六カ所で同時に出火したら、江戸は壊滅的な大火となるはずです」

「つまり、臭水を仕込んだ鬼瓦は囮で、大岡たちが鬼瓦を元に戻して安心したところで、奴らは江戸を火の海にするというわけか」

虎庵は目前に置かれた導火線を掴み、つぶさに確かめた。

「佐助殿、この瘤のような物はなんなのだ」

幽齋が訊いた。

「おそらく炮烙玉のようなもので、そこに火がついたとき、爆発するのかと……」

「佐助、佐竹屋敷が焼けたときは何度か爆発音が聞こえ、穴の空いた屋根から火柱が上がったそうだが、小幡藩上屋敷も同じだった。全てはこの縄の仕業ということか」

「虎庵殿、この導火線の件、すぐに大岡殿に教えた方がよいのではないか」

「いや、そんなことをすれば、奴らは二度と姿を現すまい」

虎庵は掴んでいた導火線を置くと、頭を抱え込んだ。

四

翌朝、良仁堂に集合した風魔の幹部は、佐助から庭先で導火線の説明と発火の実演を見たあと、次々と地下の隠し部屋に向かった。

「お頭、全員揃いました」

佐助がいうと、腕組みをして黙想していた虎庵が目を開いた。

「皆の者、佐助から説明を受けたと思うが、丹波黒雲党は四十六カ所の屋敷にあの導火線を仕掛けた。あの導火線の威力は凄まじく、導火線を仕掛けられた道灌山の佐竹屋敷と小幡藩上屋敷は、尋常ならざる速度で焼け落ちた」

「お頭、四十六カ所の屋敷はわかっているのだから、我らが忍び込んで外しちまったらいいんじゃねえでしょうか」

幸四郎は深刻な顔で説明する虎庵の本意がわからず、首を傾げながらいった。

「幸四郎、大岡越前が小幡藩上屋敷で大捕物を目論んだのだが、その目論見は尾張と丹波黒雲党に筒抜けで大失敗に終わった」

「それは敵の手の者が、南町奉行所にいるということですか」

「奉行所なのか城中なのかはわからぬが、いずれにしても大岡たちの動きは筒抜けなのだ。奴らが臭水を仕込んだ鬼瓦に交換しておきながら、あの導火線を仕込んでいたということは、臭水を仕込んだ鬼瓦は大岡たちを欺くための囮ということだ」

「つまり奴らは今回の策が、途中で幕府や大岡に露見することを前提にしていたということですか」

「そうだ、そして案の定、奴らの策は露見した。おそらく大岡は、すでに交換された臭水を仕込んだ鬼瓦の回収に乗り出しているだろう」

「そしてその動きも、奴らには筒抜けになっている……」

「だから、我らが導火線を外してしまえばいいと思うのもわかるが、もしそれが奴らに露見すれば、奴らは二度と姿を現すまい」

「二度と姿を現すまいって、奴らの居所は掴めていないのですか？」

「ああ、築地の尾張藩蔵屋敷に逃げ込んだことまではわかっているが、その先のことはわかっていないのだ」

そこまで説明した虎庵は、大きな溜息をついた。

「お頭、導火線を外せないなら、導火線が燃えないようにしちまえば、いいんじゃねえでしょうか」

　口を開いたのは獅子丸だった。

「獅子丸、どういうことだ」

「お頭、あの導火線は縄に火薬を巻き付け、油紙でくるんだものですよね」

「そのとおりだが……」

「火薬ってのは、ちょいと湿気ただけでもうまく燃えません。なら、油紙に切れ込みを入れて、火薬に水を染みこませちまえばいいんじゃねえでしょうか」

　獅子丸のいうとおりだった。

　導火線を外せないのなら、火を点けても発火しなくすればいいのだ。

「佐助、どう思う」

　虎庵は視線を佐助に投げた。

「そうですね。三尺ごとに二寸の切れ込みを入れ、そこから水を染みこませれば、発火しなくできるはずです」

「よし。その手でいこう。佐助、どれだけ人手がかかってもかまわねえ。今夜中に四十六カ所の大名屋敷に仕掛けられた、導火線を燃えなくしちまってくれ」

「幸四郎、獅子丸、わかったな」

「おうっ」

「それじゃあみんな、早速取り掛かるぜ」

佐助が弾かれたように立ち上がると、残りの幹部たちが一斉に立ち上がった。

「よいか、くれぐれもぬかりのないように、頼んだぞっ」

「おおーっ！」

幹部たちの返事が怒号となって鳴り響き、次々と隠し部屋から飛びだした。


夕刻、庭先に現れたのは、ふて腐れた木村左内だった。

「どうしたい、膨れっ面で」

先に声をかけたのは虎庵だった。

「冗談じゃねえぜ。小幡藩上屋敷で大捕物に失敗したかと思ったら、江戸中の瓦職人をかき集めて、交換した大名屋敷の鬼瓦を元に戻せだってよ。俺たちは瓦屋じゃねえってんだ」

「おいおい、本当はそんなことでふて腐れてるわけじゃねえだろう。熱っ」

虎庵は焼き上がったスルメを裂こうと手にした。

だがあまりの熱さに、思わずスルメを左内に投げつけた。

「けっ、なにをしてやがる」

左内は受け取ったスルメの頭を咥え、力任せに引きちぎった。

「旦那、熱くねえのか」

「馬鹿野郎、体も心も冷え切っちまって、これくれえなんでもねえや」

虎庵の隣に腰掛けた左内は、縁側に置かれた鉄瓶を取り、空いた茶碗に酒を注いだ。

「どうせ、小幡藩上屋敷の大捕物のことだろう」

「なんでわかるんだよ」

空き皿に裂いたスルメを次々と載せる左内は、虎庵の顔も見ずにいった。

「旦那は憶えているか知らねえが、尾張藩の大名火消しが押し寄せてきたとき、門前にいたあんたは、見物していた俺たちの前を馬で通り過ぎ、どこかに行ったじゃねえか。あん時の顔ったらなかったぜ」

「やっぱり、見てたのか」

「旦那は火消しどもが掲げていた提灯の三つ葉葵を見て、あの大捕物の計画が漏れていたことに気づき、御奉行様のところにすっ飛んで帰ったんだろ」

「違うっ、といいてえところだが、図星だよ」

「御奉行様はなんだって？」

「真っ青な顔をして、髭の剃り残しを抜きまくってたよ。そりゃそうだ、あの日、捕り方の中で、小幡藩上屋敷のことを知っているのは俺だけだったのだから」

「てえことは、敵の間者は御奉行のまわりにいるってことになるな」

「そういうことだ。しかも御奉行の命令で屋根政から押収した鬼瓦には、とんでもねえものが仕込まれていてな」

「ふーん」

虎庵は危うく飛び出しそうになった「臭水」という言葉を飲み込んだ。

「それで俺たちは、瓦葺きの職人どもと夜も明けねえうちから、四十六カ所もの大名屋敷で鬼瓦の付け替えだ」

「それも御奉行様の命令で？」

「ああ、俺たちが奉行所に運び込んだ、三百個以上もの鬼瓦を見た御奉行は、『これで江戸は救われた』って、涙を流して俺の手を握りやがった」

左内は手にしたスルメで、茶碗の酒をかき回した。

「なら、お前さんが仏頂面でいることも……あ、そうか」

「なんでえ」

「いずれにしたって、遠州袋井の瓦屋、富田屋吉右衛門一行を皆殺しにした下手人に逃げられたままだってのに、町方のお前さんは出る幕がなくなっちまった。それが気に入らねえんだろ」

虎庵も左内の真似をして、スルメで茶碗の酒をかき回した。

「おろっ？　なんでもお見通しの虎庵先生にしちゃ、珍しく見当違いなことを仰るじゃねえか」

「なにをいってやがる。図星を突かれ、とぼけているのはお前さんだろ」

「そうじゃねえんだよ。いいか、聞いて驚くな。俺たちが回収した鬼瓦には、臭水が仕込まれていたんだ」

「臭水？」

「そうだ。火を点けると燃え上がる、黒くて臭え水だ」

「つまり、富田屋一行を殺した野郎どもは、その鬼瓦を大名屋敷に仕込むことで、大名屋敷が燃えやすくなるようにしたということか」

「ああ、例えば今宵のような南風の強い日に、高輪あたりで火が出てみろ。江戸は丸焼けになっちまう……といいてえところだが、俺たちが回収した鬼瓦は木の栓がされたままで、臭水が入ったままだった。本気で江戸を燃やすつもりなら、栓を抜いて屋根に臭水を染みこませておかなけりゃ意味がねえだろ」

「今日、明日に江戸を焼き払うつもりならばな」

「どういう意味だ」

「どうもこうも、俺なら四十六カ所の大名屋敷に仕掛けた鬼瓦の栓を同時に抜き、火を放つだろう。そうすれば道灌山の佐竹屋敷や小幡藩上屋敷のように、あっというまに屋敷が燃え上がり、誰にも火を消すことはできねえ。違うかね」

「なるほどな、お前さんもそう思うか……」

左内は茶碗の酒をかき回していたスルメを咥えた。

「御奉行様はなんだって？」

「お前さんと、同じことをいっていたよ」

「なら、なんでお前さんは納得できなかったんだ」

「勘だよ、勘。お前さんと同じことを御奉行にいわれたとき、絶対に違うと思ったんだ。小幡藩上屋敷で見事に俺たちを出し抜き、裏をかいた奴らが、そんなわかりやすいことをするわけがねえって思ったんだよ」

「町方与力の勘か。まんざら間違っちゃいねえような気もするが、じゃあ、奴らはなんで、臭水を仕掛けた鬼瓦の交換なんかしたってんだ。旦那が思う奴らの目的はなんなんだね」

「鬼瓦の回収が無事に済んで、御奉行や俺たちがほっと一安心したときが危ねえ。なにが起きるか見当もつかねえが、今が一番危ねえ時だと思うんだよ」

虎庵は左内がいう捕り方の勘に、素直に驚いていた。

だからといって、佐助が発見した導火線のことを話すわけにもいかない。

「なあ、先生」

「どうしたい」

「奴らは最初から、江戸を燃やす気なんてねえんじゃねえかな」

「なぜそう思うんだ」

「お前さんも、御奉行が組織した町火消しのことは知ってるだろ」

「御奉行が組織したってのは納得いかねえが、いろは四十八組とかいうやつだろう」

「当たり前に考えりゃ、武家屋敷が焼けたところで町火消しの出る幕はねえ。だが好都合にも、鬼瓦を仕掛けられた大名屋敷は残り四十六で町火消しが四十八組だ」

「将軍が町火消しに、大名屋敷の消火作業を命じれば、文句をいう大名はいねえか」

「つまり、江戸を焼くことが目的じゃなくて、鬼瓦を交換した大名屋敷だけを焼くことが目的なんじゃねえかな」

「なぜそう思うんだ」

「なぜって、今回の鬼瓦交換は、尾張継友様の上奏で始まったんだ。しかも鬼瓦を交換した大名屋敷は、徳川譜代の大名と大旗本だぜ」

「なにがいいてえんだ」

「道灌山の佐竹様も、小幡藩の織田様も、いうなれば尾張派で紀州から来た将軍を良しとしていねえ」

「わからねえな。もう少し、わかりやすく話してくれねえか」

「だからよ、徳川譜代の大名と大旗本といっても、細かく見れば屋敷の主は尾張と水戸系だ。それが将軍の命に従って鬼瓦を交換したのに、屋敷が焼けたとなればどうなる。御側御用取次役の有馬様と加納様は針の筵だぜ」

「おいおいおい、随分、大袈裟な話になってきたな。だがそれならそれで、ますます町方のお前さんが出る幕はねえぜ。ま、今日のところは好きなだけ酒でも飲んで、忘れちまった方がいいんじゃねえか」

虎庵は鉄瓶に徳利の酒を注ぎ足し、手炙りの五徳の上に置いた。

左内の話によれば、案の定、大岡は臭水が仕込まれた鬼瓦を全て回収した。

そうなると虎庵としては、今宵、佐助たちが導火線の効力を無にし、それを知らずに動き出した丹波黒雲党を殲滅するだけだ。

そのあとのことは、吉宗の問題といえた――。

五

佐助たちは首尾良く導火線の無力化に成功したが、それから三日間、なんの動きもないままに時が過ぎた。

朗報は意外な男がもたらした。

虎庵と佐助、亀十郎の三人が、亀十郎の妻となったお松が仕入れてきた桜（馬）肉を鍋にして突いていると、庭先に角筈一家の親分、金吾がふらりと現れた。

金吾は大岡越前から町火消しの組織替えを頼まれ、このところ江戸中を奔走していたのだが、ようやくその仕事も目処がついたのだ。

「ちわっす。なんだか美味そうな匂いがしてますね」

例によって、縞の着物を着崩した背の高い遊び人風の男が庭先に現れ、腕を組んだままペコリと頭を下げた。

「おお、金吾親分、久しぶりじゃねえか。いい桜肉が手に入ってな、いま鍋にしてたところだ。よかったら、あんたもどうだい」

虎庵は箸を持った手で手招きした。

「へい。遠慮せずにゴチになりやす」

金吾は虎庵が腰掛けている長椅子の隣に腰掛けると、笊から生卵を取り出して小鉢の縁に叩きつけた。

「佐助、どんどん肉を入れてやれ」

「はい」

佐助は大皿に盛られた桃色の肉を次々と鍋の中に入れた。

金吾は割り下の中で、色が変わり始めた肉片を箸で摘むとすかさず裏返し、すぐさま手にした小鉢の溶き卵の中に放り込んだ。

「しかし先生、昼間っから桜鍋で精をつけちまったんじゃ、今宵あたり、深川のうちの見世にご招待しましょうかね」

俯いて金吾の話を聞いていた亀十郎が、思わずニヤけた顔を上げた。

それに気付いた佐助が、肘で亀十郎の脇腹を小突いた。

「佐助さんは先生の美人助手、亀十郎さんは品川一の太夫を娶ったばかりでしょう。ご招待するのは、夜毎、淋しーい思いをしている先生だけですよ」

金吾はふた切れ目の桜肉を箸で摘んだ。

「そうさなあ、立場上、吉原でとぼけた真似はできねえし、たまには深川で羽を伸ばすのもいいか」

虎庵は嬉しそうに笑った。

「そうですよ。吉原の太夫には及びませんが、深川もなかなかのもんですぜ」

「ところで親分、町火消しの方はもういいのかい」

「ええ、もうあっしの仕事は終えです。町火消しってのは、火を消したときにお上から褒美を頂戴する店火消しと違いまして、町入用から給金をいただいてるんですが、火消しになったヤクザ者がブータレましてね。あっしはその説得でてんてこ舞いでした」

金吾は何度も頭を掻きながら恐縮した。

「しかし、泣く子も黙る角筈一家の親分が、直々にきて頭を下げられたら、黙るしかねえだろうが」

「そうか、それでみんな、やけに物わかりがよかったのか」

金吾は照れを隠すように、大声で馬鹿笑いした。

「まあ、それもあって御奉行様は、親分に相談をもちかけたんだろうがな」

「へえ、今日なんかも、木更津から漁師がやってきましてね、町火消しにしてくれってきかねえんですよ」

「ほう、江戸の町火消しは、木更津にまで届いているのか」

虎庵が茶碗を差し出すと、佐助がすぐに酒を注いだ。

「こいつはヤクザというより荒くれ者の漁師なんですが、この三日ほど、見たこともねえ五百石船が、沖合で停泊したまま動かねえそうなんです。野郎は幽霊船だってマジで怯えてましてね、もう漁師はやめてえから町火消しにしてくれってきかねえんですよ」

話し終えた金吾に亀十郎が茶碗を差し出し、徳利の冷や酒を注いだ。

「木更津沖に、見たこともねえ五百石船だって」

「やっぱり、乗ってきましたね」

金吾はニヤリと笑った。

「やっぱりって」

「その船には、尾張藩の蔵屋敷から消えた連中が乗ってると、先生も思っているんでしょ」

「親分はなんでそのことを……」

「蛇の道は蛇、そういうことにしておきやしょう」

「じゃあ、鬼瓦のことは……」

「臭水を仕込んでいやがったそうですね」

「それも蛇の道か」

「まあね、奴らが交換した鬼瓦を回収するために、瓦葺きの職人を集めてくれといってきたのは御奉行様ですからね。あっしが直接聞かなくても、奉行所に鬼瓦を運んだ連中から聞こえてきちまうんですよ」

金吾が調べようと思わなくても、江戸で起きたことの大半は嫌でも耳に入ってきてしまう。

金吾は口にしないが、それが大名や旗本といった武家社会のできごとだとしても、出入りの商人や金貸しを通じて情報は集まってくる。

情報収集能力でいえば、金吾と虎庵に大した差はなかった。

「親分は、奴らの正体についてはどこまで知っているんだい」

「先生、正直なところ今の段階では、奴らが遠州の瓦職人たちを殺した下手人だとしても、あっしらヤクザには関わりのねえことなんですよ。この間みてえに、身内を殺されでもすりゃあ別ですけどね」

「殺されたムササビの忠吉、ありゃあ身内じゃねえのかい」

「奴はうちに草鞋を脱いだだけの旅人ですよ。それが殺されたからって、いちいちあっしたちが出張ってたら、命がいくつあったってたりませんよ」

金吾は冷たくいい放った。

「そりゃそうだな……」

「先生、あっしは新しい町火消しが立ち上がる前に、江戸で大火が起きたんじゃ洒落になりません。だから、子分どもに鬼瓦を回収した四十六カ所の屋敷を見張らせていたんですが、何日か前の夜中、そこに黒装束の連中が忍び込みやがったんです」

虎庵を凝視する金吾の瞳は、明らかになにかを探っていた。

さりげなく金吾の視線を逃れた虎庵が正面を見ると、佐助が大きく頷いてその場を立った。

「地獄耳の親分にはかなわねえな。その黒装束たちは俺の配下だよ」

「どういうことですか」

「説明する前に、まあちょっと庭先を見てくれ」

金吾が視線を庭にやると、三尺ほどの縄と提灯を持った佐助がいた。

振り返った佐助が小さく頷き、庭先に置いた縄の端に提灯の蝋燭で火を点けた。

すると縄はもうもうと白煙を発しながら、猛烈な勢いで燃え上がった。

「先生、ありゃなんです」

目を奪われた金吾は、振り返らずに訊いた。

「あれは忍びが使う炮烙玉の導火線というものだそうだ」

「炮烙玉？」

「ああ、土器でできた器に火薬を詰め、火を点けると大爆発する武器だ」

「は、はあ……」

「もの凄い破壊力だから、忍びは導火線という紐をつけることで、自分が逃げる時を稼ぐのだが、その導火線を太くした物がさっきの縄だ」

「まさか、あの縄が大名屋敷に仕込まれていたんじゃねえでしょうねえ。もしそうなら、大名屋敷を火の海にするなんざ赤子の手をひねるようなもんですぜ」

「そのまさかだよ。鬼瓦を替えた大名屋敷の屋根裏に、大量の導火線が目立たねえように仕込まれていたんだ。俺が配下を大名屋敷に忍び込ませたのは、導火線に水をかけて発火しねえようにするためだ」

「そういうことだったんですか」

「奴らはあの導火線を仕込むために、鬼瓦の交換をしていたんだ。だがそれがバレたときに、導火線から目を逸らすための囮として鬼瓦に臭水を仕込んだんだ。そして大岡越前は、案の定、その囮にひっかかって鬼瓦の回収を始めたんだ」

「しかし先生、あんな恐ろしい物、全部はずしちまえばいいじゃねえですか」

「御奉行様が奴らの思惑どおりに騙されていることは、早晩、奴らの耳にも届き、なんらかの動きを見せるはずだ」

「奴らを動かすために敢えて導火線を外さず、万が一火を点けられたとしても、絶対に燃えねえようにしたということですか」

「ああ」

「つまり、風魔は導火線に火を点けにきた奴らを皆殺しにするために……」

「そのつもりだ」

「だがいくら風魔でも、江戸市中に四十六カ所ともなれば、どうしても戦力が分散しちまうでしょう。奴らの正体は……」

「丹波黒雲党だ」

「そいつらは確か、うちの一家の先代を殺し、江戸に極楽香を持ち込んで吉原を乗っ取ろうとした奴らですよね。しかし奴らは品川の戦で、皆殺しにしたんじゃねえんですか」

「俺もそのつもりで安心していたんだ……」

「丹波黒雲党ってのは、いったい何者なんですか」

金吾は核心を突いてきたが、虎庵は真相を答えあぐねた。

町人でヤクザの金吾にとって、将軍の座を巡る徳川家の御家騒動など無関係もいいところだし、下手に事情を知れば彼らが危険にさらされることになる。

虎庵は一文字に固く口を結んだまま、黙りこくった。

「先生、奴らはこの江戸を火の海にして、焼き払おうとしてたってことでしょう。そうなりゃいつだって、泣きを見るのは町人なんですぜ」

迫る金吾の口調は、明らかに苛立っていた。

「親分、丹波黒雲党は京の朝廷を警護してきた忍び軍団だ」

「京の朝廷って、お公家さんのことですか」

「ああ、元武士のお前さんが知らぬはずはないが、お公家の元締めが朝廷であり帝なんだ。親分はそんな奴らと本気で戦い、なにも知らねえ子分たちの命を危険にさらせるかい」

「じゃあ先生は、俺にどうしろというんですか」

「あんたの口から、俺が話したことを大岡越前に伝えてくれねえか」

「かまいやせんが……」

「その上で四十六カ所の武家屋敷を見張る、手だてを考えてもらえねえだろうか」

「見張るって、今も俺たちは見張ってますぜ」

「四十六カ所の武家屋敷はまわりがすべて武家屋敷で、俺たち町人が表立って見張ることはできねえだろ。それに俺たちだって、絶対に皆殺しにするとはいいきれねえ。中には取り逃がす奴もいるはずだ。そいつらをとっ捕まえられる見張りを立てるには、大岡越前の協力がなければ無理だろうが」

「なるほど……、そういうことならこの金吾、喜んでひと肌脱がさせていただきやしょう。それじゃあ、ご馳走になりやした」

席を立った金吾の顔は、すっかり苛立ちや疑念が消え去り、いつもの柔和な笑みが甦っていた。

第五章　激突

一

　虎庵は金吾の証言によって、木更津沖に停泊する謎の五百石船の存在を知ることができた。

　その船が逃亡した丹波黒雲党の船という証拠はなにもない。

　だが虎庵にしてみれば、藁をも掴むつもりで謎の五百石船の正体を確認するしかなかった。

　丹波黒雲党がいつ、屋敷に仕掛けた導火線に火をつけに現れたとしても不思議ではない。

　悠長に構えている余裕など、どこにもなかった。

「いくら考えたところで埒があくわけでもねえか……」

縁側で胡座をかき、口から紫煙を吐き出した虎庵は、天空に輝く妖しげな三日月を見上げた。

すると突然、五人の黒装束が現れた。

黒装束は担いでいた棺桶をその場に置き、一斉に片膝をついた。

「お頭、面白え野郎をとっ捕まえてきやした」

覆面で顔を隠しているが、幸四郎の声だった。

「幸四郎、どういうことだ」

「獅子丸っ」

幸四郎の声に、小柄でずんぐりとした黒装束が立ち上がり、棺桶を蹴転がした。

倒れた棺桶の蓋が外れ、宗匠帽を被った男の頭が見えた。

獅子丸が棺桶の中の男を力ずくで引きずり出すと、男は上半身を縛られ、口には血に染まった猿ぐつわを噛まされていた。

獅子丸は、男の首根っこを掴んで虎庵の前に跪かせた。

「誰だ、こいつは」

虎庵はわずかな月明かりに浮かぶ、顔に深い皺を刻んだ老人を凝視した。

「尾張藩の茶頭、小笠原宋易です」

「そうか、こいつが小笠原宋易か。だが幸四郎、なぜこいつを……」

「孝次郎様切腹の原因となった極楽香は、この野郎の茶道の弟子を通じてかなり蔓延しておりやす。こいつの屋敷に大量の極楽香が運び込まれたことは、お頭もご存知のとおりですが、俺たちはずっとこの野郎を見張っていたんです」

自分が捕らえられた経緯を知った、小笠原宋易の目に怯えが走った。

「そういうことか。幸四郎はこいつをどうするつもりだ」

「死んでもらうに決まってます。ですがこの野郎を殺す前に、丹波黒雲党について知っていることを全て吐かせるつもりです」

「なるほど、そういう手があったたな。だがいったい、どこで捕まえたんだ」

「雑司ヶ谷の骨董屋、夢幻堂を出たところで拉致しました」

「誰にも見られてねえだろうな」

「もちろんです」

幸四郎のくぐもった声が響いたとき、佐助と亀十郎が姿を現した。

「お頭、これは」

「佐助、こいつは小笠原宋易だが、説明は後だ。幸四郎、ともかくこいつを土蔵に運んでくれ」

「はっ」

片膝をついていた五人の黒装束が、一斉に立ち上がった。

そして小笠原宋易を軽々と担ぎ上げ、土蔵に運んだ。

なぜか白装束に着替えた虎庵が土蔵の扉を開けると、柱に縛り付けられた初老の男が、かすかな行灯の明かりに浮かんだ。

男は目に涙を浮かべ、何かを懇願するように虎庵を見た。

「猿ぐつわを取ってやれ」

すぐさま獅子丸が小笠原宋易の猿ぐつわを外した。

「あ、あんたは誰や」

「十代目風魔小太郎とでもいっておこうか」

「ふ、風魔小太郎だと？」

「そうだ。どうせお前は死ぬ身だから、正体を明かしてやったんだよ」

「わ、儂をこんな目に遭わせて、ただで済むと思ってるのか」

皺だらけの顔をした男は、虚勢を張るようにしゃがれ声で怒鳴った。

「ほう、まさに命が風前の灯火だというのに、茶人というのは威勢がいいものだな」

小笠原宋易を見下ろすように、仁王立ちした虎庵は無表情で淡々といった。

「ふん、そんな脅しに乗るかっ」

小笠原宋易は虎庵の足下に唾を吐いた。

三白眼で虎庵を見上げるその顔は、悪党そのものだった。

「どうやら、まだ状況が呑み込めぬようだな」

「けっ！　儂はなにも知らぬ。話すことなどなにもないわいっ」

「そうか、では挨拶がわりだ……」

虎庵は手にしていた短めの脇差しを小笠原宋易の目前で抜いた。

「ふん、儂に脅しはきかぬわっ！」

「そうかな」

虎庵は小笠原宋易の前で片膝を突いて右耳を掴むと、ノコギリでも使うかのように脇差しを前後させ、その耳をそぎ落とした。

「ぎゃっ！」

獣のような悲鳴を上げ、激しく振った小笠原宋易の頭から宗匠帽が落ちた。

「さあて、耳はもうひとつ残っているな」

「や、止めてくれっ！」

虎庵は懇願する小笠原宋易を無視し、今度はその左脇腹に脇差しを突き刺した。

「今はお前の腹の筋肉が収縮し、刃が動かぬように掴んでいるが、このまま治療をせねば、やがて筋肉は緩み、傷口から大量の血が噴き出す」

虎庵は治療する気など毛頭ないが、危機的な小笠原宋易の状況を説明した。

「そ、そんなことくらい、知っておるわ。だが、知らぬものは知らぬのだっ」

小笠原宋易は、容貌に似合わない強がりを見せた。

「佐助、この宗匠はなかなかの侍のようだ」

「そのようですね」

佐助は懐から手拭いを取り出すと、小笠原宋易の腹に突き刺さった刀身に巻いた。

そして小笠原宋易の背後にまわると、右手で手拭いが巻かれた刀身を握った。

「な、何をするっ！」

「うるせえ」

佐助は有無をいわさず、刀身を二寸ほど、ヘソの手前まで引いた。

傷口から噴き出した鮮血が、いかにも高級そうな紬にしみ出た。

「ウ、ウグワァッっ！」

「小笠原宋易、お前が江戸に持ち込んだ極楽香によって、高富藩主加納対馬守殿が腹を召されたことは知ってるな」

「あ、あれは、尾張藩甲賀組の組頭、景山無月が仕組んだ罠で儂は関係ないんだ」

「ならば我が牙城、吉原で極楽香を売ったのも、景山無月なる者の仕業と申すか」

「そ、そうだ。儂は景山が西国から大量に持ち込んだ、極楽香を茶の人脈を通じて売りさばくよう、命じられただけなのだ」

「公儀の命で、江戸の大名屋敷の鬼瓦を交換にきた、遠州袋井の瓦屋、富田屋吉右衛門一行がなぜお前の屋敷に宿泊していたのだ」

「富田屋吉右衛門？　あれは京の伏見屋陣……」

「なんと申した。聞こえなかったぞ」

「ふ、伏見屋陣内だ。だがあれも、景山に頼まれただけや」

「伏見屋陣内」

「し、知らん、儂はなにも知らん」

小笠原宋易は激しく首を左右に振った。

「佐助」

佐助はもう一度刀身を握ると、無情にももう一寸、刀身を引いて腹を割いた。

「や、やめてくれっ！　わかった、全て話すからやめてくれっ！」

「小笠原宋易、お前に残された時間はわずかだ。あと一寸でも傷口が広がれば、今度は傷口からお前の腸が飛び出す。そうなると、もう手の施しようがなくなる」

「富田屋吉右衛門は江戸に来る途中で殺され、京の伏見屋陣内が成り代わっていたのだ」

「では訊くが、伏見屋陣内が丹波黒雲党の首領なのか」

小笠原宋易は一瞬、意外そうな表情をした。

「な、なんでそのことを……」

「伏見屋陣内はどこにいる」

「し、知らぬ。雑司ヶ谷の儂の店から、尾張藩の蔵屋敷に移動したが、その先のことは知らぬのだ」

「景山無月と伏見屋陣内の目的はなんだ」

「儂が知るわけがないではないか。嘘ではない、儂は本当になにも知らぬのだ」

額に脂汗を浮かべ、必死で答える小笠原宋易の言葉に嘘はなさそうだった。

「お前は二言目には知らぬというが、腹を割かれるとすぐに答えやがる。信用できねえな。佐助っ」

「本当だ、これ以上はなにも知らぬのだ。か、勘弁してくれ」

額に玉のような脂汗を浮かべた小笠原宋易は、紫色になった唇をわなわなと震わせた。

これ以上、聞いても無駄と判断した虎庵は、隣に控えていた亀十郎の耳元でなにごとかを囁いた。

「た、頼む、早く治療をしてくれ。儂はまだ死にたくない……」

懇願する小笠原宋易の脂汗と涙、そして涎が混じった液体が膝を濡らした。

「お前はなにも知らぬというが、それほど小者ということか」

「そうだ、儂は一介の茶人。景山無月が、大切なことを儂に話すはずもなかろう」

「それほどの小者のくせに、欲に目が眩み、江戸に極楽香なる阿片を蔓延させるとは、大した悪党だな」

「だ、だから、景山に命じられて売っただけと申したではないか。た、頼む、知っていることはすべて話した、早く治療をしてくれ」

腹から大量の出血をして体温が下がった小笠原宋易は、全身をわなわなと震わせ始めた。

その時、土蔵の扉が開き、戻った亀十郎が虎庵の耳元で囁いた。

「よし、佐助。そいつを蔵から出してやれ」

「はい」

右脚を引きずりながら廊下を歩く小笠原宋易の目に、庭先に即席で作られた土壇場が映った。

「ど、どういうことや。治療してくれるのではないのかっ！」

喚き散らす小笠原宋易の背中を亀十郎が蹴った。

腹に脇差しを突き刺したまま、小笠原宋易が庭先で無様にのたうち回ったとき、門に通じる小道の木陰で、重く冷たい気配がした。

津田幽齋だった。

「おお、幽齋殿、ちょうどいいところにきた」

「虎庵殿、これはいったい」

佐助と亀十郎が小笠原宋易を土壇場に座らせ、猿ぐつわを噛ませるのを見た幽斎が訊いた。

「こいつが極楽香の元締め、小笠原宋易だ。丹波黒雲党の首領が伏見屋陣内という者ということは吐いたが、後はなにも知らぬの一点張りだ。仕方がねえから、この野郎の腹を切り、孝次郎の手向けにしようと思っていたところだ」

「この者が小笠原宋易……」

「ああ、千利休には遠く及ばねえが、せめて切腹にしてやろうかと思ったのよ」

「ならば、それがしが介錯をつかまつる」

幽斎はスラリと大刀を抜いた。

「よし、そうと決まれば、さっさと済ませちまおうぜ」

虎庵は全身をわななかせて座る小笠原宋易の背後にまわると、総髪を纏めた細い髷を掴んで上体を起こした。

そして腹に突き刺さったままの、手拭いが巻かれた脇差しの刀身を右手で掴むと、一気に右脇腹まで引いた。

そして最後に右脇腹を鉤形に切り上げ、すかさず刀身を引き抜くと、今度は切っ先を小笠原宋易の鳩尾《みぞおち》に突き刺し、一気にヘソ下まで切り裂いた。

十文字に切り裂かれた小笠原宋易の腹から、紫色の腸がこぼれ出た。

あまりの激痛に、すでに小笠原宋易は気絶していた。

虎庵は脇差しを引き抜くと、左手で小笠原宋易を縛っている縄を掴み、背中を前に押した。

「介錯お願いつかまつるっ！」

前屈みになって項垂れた小笠原宋易の白い首筋に、幽齋が振り下ろした大刀が食い込んだ。

一瞬で切断された首が、即席で掘られた穴に転がり落ちた。

「お見事っ！」

虎庵はそういうと、掴んでいた縄を放した。

首を失った小笠原宋易の体が、穴に落ちた首を追うようにくずおれた。

「お頭、骸はどうしましょう」

「首は風魔の金貨を咥えさせて小塚原の仕置き場に晒し、体は大川に流しとけ」

虎庵はそういうと、幽齋を振り返った。

「虎庵殿、かたじけない」

幽齋は懐から取り出した懐紙で、刀身の血糊を拭って納刀すると、丁重に頭を下げた。

「幽斎殿、孝次郎の仇討ちといって、この野郎をとっ捕まえてきたのはうちの若い者たちなんだ」

　虎庵の言葉を聞いた幸四郎と獅子丸、覆面をしたままでいる三人の黒装束が幽斎の前で片膝をついた。

「左様でしたか。皆さん、このとおりだ。これで少しは孝次郎も浮かばれましょう」

　幽斎は片膝をついた五人の肩を順番に両手で掴み、丁重に頭を下げた。

「まあ、孝次郎をあんな目に遭わせた奴は他にもいるはずだ。だが、その内のひとりでも仇を討てたことは確かだ。幸四郎、獅子丸、俺からも礼をいうぜ」

　虎庵も素直に頭を下げた。

「お頭、幽斎様、頭を上げてください。俺は頭が悪いから、頭のいい奴ってのは、佐助みてえに嫌味な野郎ばかりだと思っていました。でも孝次郎さんは、頭のいいことをひけらかすことなく、俺たちみてえな馬鹿のいうことを楽しそうに、感心して聞いてくださったんです。あんな殿様が増えてくれりゃ、糞溜めみてえなこの世の中だって、少しは良くなるんじゃねえかと思ったのに……」

　楽しかった孝次郎とのひとときを、昨日のことのように思い出した幸四郎の声は涙ぐんでいた。

二

それから小半時（三十分）後、虎庵と幽斎、佐助と亀十郎の四人は、地下の隠し部屋にいた。

小笠原宋易の骸は幸四郎たちの手で、再び棺桶に押し込められて片付けられていたが、久しぶりに姿を見せた幽斎と話すのに、今まさに人が死んだ庭を眺めながらというのも無粋に思えたのだ。

「佃衆に話を聞きに行くといって帰ったきり、随分ご無沙汰だったじゃねえですか」

小笠原宋易から聞いた話、それから金吾から聞いた木更津沖の五百石船の話を終えた虎庵は、茶碗の酒を一口舐めてスルメを摘んだ。

「佃衆の話ではこのひと月あまり、一隻の五百石船がどこの湊に入るわけでもなく、品川沖をグルグル巡回しているそうです」

「ひと月前から？」

「つまり伏見屋陣内は、富田屋吉右衛門と鬼瓦を満載した船を襲い、船ごと乗っ取ったのだから、奴らは別の船に乗って来たということでしょう」

「品川沖をうろついているとかいう船が、奴らが最初に乗っていた丹波黒雲党の船だとしたら、木更津沖の船は……」

「尾張の藩船。伏見屋陣内たちは、それに乗っているはずです。尾張の藩船に乗っているのは、堂々と江戸に戻るためでしょう。尾張の藩船とあっては、船番所の連中だって手も足も出ませんからな」

「じゃあ、もう一隻の船は……」

「江戸に戻った連中がなにかことを起こし、京に逃走するためのものではないでしょうか。おそらく大岡殿が尾張の蔵屋敷を見張っているはずですが、もし江戸に舞い戻った奴らがなにかことを起こしたら、上様も尾張に対して強硬策に出るしかありません。そうなれば藩船も当然押さえられ、逃亡には使えなくなる。丹波黒雲党はそれくらいのことは読んでいるはずです」

「なるほどなあ。つまり奴らは尾張の藩船で江戸に舞い戻り、大名屋敷に仕掛けた導火線に火を点けて江戸を火の海にしたら、手めえらの船で逃げようって腹か」

「ただ……」

　幽齋はそう呟くと、茶碗の酒を一口すすった。

「ただどうしたい」

「じつは気になることがあって、ここ数日、いろいろ調べていたのです」

「なんのことだい」

虎庵は思わせぶりな幽齋の口ぶりに、少しだけ苛立った。

「虎庵殿はこのひと月あまり、御側御用取次役の加納様が、江戸を留守にされているのをご存知か」

「いや、知らねえが、そういえば鬼瓦の交換は、御側御用取次役の有馬様が取り仕切っていたそうだったな。加納様はどこでなにをしてるんだい？」

虎庵は何度も噛んで、柔らかくなったスルメを噛みちぎった。

「上様の命で紀州入りしたようです」

「上様が将軍となり、紀州藩と紀州徳川家は、確か上様の従兄弟の松平頼致が継いだはずだったよな」

「虎庵殿は松平頼致をご存知か」

「ご存知もなにも、松平頼致が西条松平家を継ぐにあたって一悶着あったことは、上海にいた俺の耳にも届いているよ」

「松平頼致の父頼純が、側室が産んだ頼致を溺愛するあまり、藩士の信頼も厚かった嫡男頼雄を義絶してしまったことですか」

「それもあるが、藩主頼純の愚挙に諫言した家老を、頼致が手討ちにしちまったそうじゃねえか。俺は上様が、そんな野郎に紀州徳川家を継がせたことが、どうしても納得できなかったんだ。頼雄って人は何度かあったことがあるが、聡明な男だった」

「その頼雄が享保三年の五月二十九日、謎の死を遂げられたんですよ」

「謎の死？」

「じつは頼雄が亡くなる前の四月、頼致は紀州藩主として初入国しておりまして、頼雄は弟の手の者に殺されたというのがもっぱらの噂です」

「なんとも胸糞悪い話だな」

「紀州藩に残った上様の旧臣たちは、新藩主頼致に対して不信と疑念を抱き、昨年あたりから不穏の動きを見せ始めているそうなんです」

「上様はその収拾をつけるために、加納様を派遣したのか」

「ええ」

「そういうことなら、加納久通は適任の男だ。俺はなにを考えているのかわからない無表情と、ときおり見せる人を射るような視線が気にいらねえがな」

「それがしも同感です」

虎庵と幽齋はともに紀州藩薬込役だったこともあり、湯殿番の子と蔑まれてきた吉宗の異常とも思える幸運な出世物語と、加納久通が常々、吉宗の兄たちが湯水のように無駄金を使う藩政について、批判的だったことを知っている。

そして、それゆえに吉宗が藩主となったふたりの兄を謀殺し、紀州藩主の座についたという噂がまことしやかに囁かれていたことも……。

ことに幽斎は江戸詰だったこともあり、吉宗が将軍になる前の正徳三年、尾張徳川家の吉通が、毒殺としか思えない非業の死を遂げ、その二ヶ月後に尾張家を継いだ嫡男五郎太が、わずか三歳で死んだことから、紀州藩内で吉宗の関与が囁かれていたことを知っていた。

吉宗は馬鹿馬鹿しいと笑い飛ばしたが、紀州藩主であった十二年のうち、わずか二年半しか帰国せず、この時も正徳二年末から四年の四月まで、十七ヶ月も江戸にいたことが噂の元となっているとは幽斎もいえなかった。

虎庵と幽斎にとって、吉宗の影働きを担う加納久通を話題にしないことは、暗黙の了解となっていた。

「幽斎殿はなにがいいたいんだ」

「敵は孝次郎の切腹によって、上様と根来衆の関係に亀裂を入れ、風魔も将軍抹殺に動かざるを得ない状況を作った。だが奴らの狙いの本丸が、上様の影、加納久通だとしたら……」

「徳川吉宗の政権は、土台から崩れ始めるな。だが加納久通は紀州にいるのだから、向こうで奴を狙えばいいし、江戸で騒ぎを起こしたところで意味はねえだろう」

「そうでしょうか」

「どういう意味だ」

「加納様がいつまで紀州にいるのかを知っているのは上様だけです。しかし江戸が大火に襲われれば、加納様は急ぎ江戸に戻るはず」

「なるほどな、風が吹けば桶屋が儲かるみてえな話だが、仮に加納久通殺害に失敗しても、江戸が火の海になれば幕府は大混乱ということか」

「それに虎庵殿、それがしは疑問に思っているのだが、江戸の土地に明るくない京の忍びが、四十六カ所の大名屋敷に火を点けるような真似をするだろうか」

「なるほど、俺たち風魔が丹波黒雲党殲滅のために京に出向かねえのは、まさに土地勘がねえからだ。となると……」

「景山無月率いる尾張藩甲賀組」

「そういうことか。丹波黒雲党は江戸が炎上するのを確認してから、船を乗り換えて西に向かい、その途中で加納久通を待ち伏せするということか。尾張藩船に乗っているのも万が一にそなえ、幕府でも手を出しにくい御三家の船に乗っているだけか」

幽齋は大きく頷いた。

「お頭、まずは品川沖をうろつく、丹波黒雲党の船を沈めちまったほうがいいんじゃねえでしょうか」

佐助がいった。

「なにかいい策があるのか」

「前に猪牙舟に爆薬を仕込み、敵船に衝突させて爆破する武器を造りましたよね」

「ああ、エゲレス船を見事に沈めたあれを使うのか」

「いえ、あれを造ったときに、高尾山でエゲレス野郎から奪った、移動式の大筒を古い屋形船に装備させたみたいたんです」

「屋形船に大筒？」

「はい。大筒は屋形の中に設置しましたので、外から見たらただの屋形船にしか見えません」

「その大筒船の問題はなんだ」

「船足です。前後四挺艪で漕いでも、帆掛け船には追いつけません。でも夜陰に乗じて敵船の脇に近寄れれば、至近距離から土手っ腹に風穴を開けるのは朝飯前です」

「しかし、とんでもねえ物を造りやがったな」

「あっしら風魔は足柄の山猿で、水上では手も足も出ませんからね」

「幽齋殿はどう思う」

「そうですね。敵の船は昼間は移動しているようですが、夜中は品川沖で碇をおろしているそうです。夜陰に乗じて接近するのは容易でしょうし、見た目が屋形船なら昼間でも接近は可能でしょう」

「なるほどな。だがそうなると、迂闊に手を出すわけにはいかねえな」

「お頭、どういうことですか」

「いいか佐助、毎晩、品川沖に停泊しているということは、誰かがそれを確認しているとみるべきだろう。仮にあるべきところに船の姿がなければ、当然敵は異常を察知して動きを止めちまう。そうなれば洋上にいる丹波黒雲党も、京に舞い戻ることは目に見えている」

　虎庵は眉間に深い皺を刻み、卓上の一点を見つめた。

「お頭はどうされたいのですか。景山無月率いる尾張藩甲賀組と丹波黒雲党を、同時に殲滅しようと考えられているとしたら……」

　佐助は不思議そうな顔で虎庵を見た。

「無理かな」

「四十六カ所の大名屋敷で戦闘するとなれば、各屋敷の屋根裏に五人、外に五人の十人態勢でも、四百六十の風魔が必要ですし、それなりの犠牲を覚悟しなければなりません」

「そうだな」

「すでに各屋敷の導火線は無力化しています。ここは尾張藩船に乗っている丹波黒雲党の主力部隊と、品川沖の仲間を殲滅することが先決ではないでしょうか」

　いい終えた佐助は、口を真一文字に結んで虎庵を見つめた。

「虎庵殿、それがしも佐助殿の意見に同感だ。四十六カ所の大名屋敷は、我ら根来衆に任せてもらえぬか」

幽齋も佐助に同調した。

「亀十郎、お前さんはどう思う」

「佐助の意見に賛成です。ただそれなら、最初に襲撃するのは尾張の藩船に乗っている、丹波黒雲党の主力部隊と思いますが……」

亀十郎の意見ももっともだった。

だが尾張藩船の正確な居所は、今の段階でも掴めていないのが現実だった。

「虎庵殿、尾張藩船が木更津沖で目撃されているのなら、佃衆の協力を得れば早急に居所を特定することができるはずだ」

幽齋の言葉に、佐助と亀十郎は大きく頷いた。

「ちょっと待ってくれ。それについては俺にも考えがある」

卓上の一点を見つめたまままいった虎庵を一同は同時に見た。

「虎庵殿、考えとは」

「なあに、上様は大岡越前を通じ、『俺は尾張継友を信じる』と大見得を切った。つまり、尾張藩甲賀組と丹波黒雲党の動きは、尾張藩主徳川継友の意を受けたものではなく、奸臣どもが企んだ愚挙ということだ。ならば上様から継友に、藩船を引き揚げさせるよう命じてもらう。それで全てはわかるんじゃねえのかな」

虎庵は不敵な笑みを見せ、手にした茶碗を目前に掲げた。

幽齋が、佐助が、亀十郎がそれに続き、四人はひと息で茶碗の酒を飲み干した。

三

いつの間にか木更津沖から移動した尾張藩船は、荒川の上流にある小村井村あたりで碇をおろした。

すると夜陰に乗じて、一艘の川舟が近寄ってきた。

甲板にいたふたりの侍が、小舟に乗り込むのを確認した伏見屋陣内は景山無月にいった。

「景山様、大岡越前は我らが仕掛けた罠に、まんまとひっかかったようですな」

「慌てて鬼瓦を回収させたかと思ったら、周囲の辻番所は捕り方で大賑わい。武家屋敷地にもかかわらず、町火消しどもに一晩中拍子木を叩かせるとは、名奉行も底が見えたな」

景山無月は、高らかに笑った。

「景山様、いよいよですな」

「ああ、明晩、丑の刻。我ら尾張藩甲賀組が、明暦の大火を超える劫火で江戸を焼き払ってくれるわ」

「紀州にいる加納の動きはいかがですかな」

「吉宗の旧家臣たちは新藩主に疑念を抱き、藩内は真っ二つに分裂しているそうだ」

「景山様が新紀州藩主宗直の初帰国に合わせ、兄の頼雄を亡き者にしたとも知らずにですか」

「無論だ。さぞかし加納も頭を悩ませていることだろう」

「先代藩主だった吉宗からして、なにかと黒い噂の多い男やった。家臣が謀略という言葉には敏感になったのは自業自得や」

「ふふふ、根来衆、風魔、そして加納を失えば、吉宗は翼を失った鳥のようなもの。頃合いを見て、奴が吉通様と五郎太様を亡き者にしたように、吉宗とふたりの倅を丹波黒雲党の秘毒で殺せばそれまでよ。後は黙っていても、将軍の座は尾張に落ちてくる」

「そうなれば真の公武合体が実現し、さぞかし朝廷も喜ばれましょう」

「そのとおりだ。江戸炎上の報は、二日後には紀州の加納の元に届くはずだ。奴が江戸に戻るのに海路を使うか、あるいは東海道、中山道の陸路を使うか、随時、その方に報せが届く手はずとなっている。くれぐれも、ぬかりのないようにな」

「おまかせあれ」

「よし。それでは儂も藩邸に戻るとするか」

景山無月も川舟に飛び降りた。


翌朝、虎庵は迎えにきた大岡越前に伴われ、上野寛永寺本坊の一室で控えていた。

小半時で襖が開き、虎庵の前に現れたのは、鷹狩りの装束を身に纏った吉宗だった。

「虎庵よ、話の概略は忠相から聞いたが、俺は伝えたとおり尾張継友を信じている。その俺になにをどうしろというのだ」

かつて大岡越前から、風魔は将軍といえども標的にすると脅された吉宗の表情には、露骨な不快感が表れていた。

「上様は有馬様の仕切りで、鬼瓦を交換した五十近い大名屋敷が焼けたら、どのように責任を取られるつもりでした」

「責任？」

「そうです。上様が秘密裏に進められているつもりでも、すべて尾張に筒抜けになっていることも露見し、将軍家と御三家の諍いも……」

「もしそうなれば、すべては有馬の不徳が原因……」

「ちょっと待ったっ！」

虎庵は声を荒らげ、吉宗に向かって開いた右手を突き出した。

「上様は有馬様にも責任を擦《なす》り付け、孝次郎と同じように切腹を命じられるということですか」

「そ、それも仕方がないではないか」

図星を突かれてうろたえる吉宗をよそに、立ち上がった虎庵は中庭に面した障子を開け放った。

そして首から提げていた、油紙が巻かれた太い縄を中庭に放り投げた。

「上様、しっかりとその目を見開いてご覧ください」

虎庵は暗い部屋の隅に置かれた行灯の蝋燭を手にして中庭に降りると、太い縄の先端に火を点けた。

発火した縄は猛烈な勢いで燃え上がり、一本の火縄となった。

「それはなんだ」

あまりの火の勢いに、吉宗は思わず立ち上がっていた。

「鬼瓦を交換した四十六の屋敷の屋根裏には、これと同様の縄が張り巡らされています」

「た、忠相、どういうことだ」

「そ、それは……」

部屋の隅で控えていた大岡は、その場でひれ伏した。

「上様は、臭水を仕込まれた囮の鬼瓦に騙され、屋根裏に仕掛けられたこの縄を見逃された。この縄の威力は、道灌山の佐竹屋敷と小幡藩上屋敷が証明しています。四十六カ所の大名屋敷があの勢いで同時に燃えれば、江戸は瞬く間に火の海となります。上様は当然、大岡様にも切腹を命じられるんでしょうね」

「申し訳ございませぬっ！」

虎庵の話を聞いた大岡が、脇差しの柄に手をかけた。

だが一瞬早く、吉宗が大岡の右手首を掴んだ。

「忠相、早まるな」

「う、上様……」

大岡はその場にくずおれた。

「虎庵、どういうことだ、説明せいっ！」

「上様、千数百年ものあいだ、朝廷に仕えてきた丹波黒雲党と手を結んだ尾張は、これほど左様に本気なのです」

「あの火を噴く縄も、丹波黒雲党の仕業なのか」

「我ら風魔も、あれと似た導火線という物を使いますが、あれより遥かに細くて短い物です」

虎庵はそういって縁側に上がると、元の席に戻った。

「上様、すぐにでもあの縄を……」

「御奉行様っ！　四十六カ所の大名屋敷、全て我らがあの縄に水を含ませて無力化してあります。しかも各大名屋敷には、すでに幽齋殿配下の狙撃手が目を光らせてくれています」

「こ、虎庵……」

吉宗は愕然とし、その場で両膝をついた。

「上様、私が聞くところでは、尾張継友様は領民の信頼も厚く、中々の名君であることは確かのようです。しかし現実に起きていることを知れば、闇雲に継友様を信じるといわれ、上様たち徳川家の者がどう考えていようとこれが現実なのです。権力という蜜と金の魔力に取り憑かれた奸臣どもは、平気で主の命を狙い、江戸を火の海にすることなど屁とも思わぬのです」

虎庵は諭すように、淡々と語った。

「虎庵よ、俺にどうしろというのだ」

「それでは申し上げましょう。大名屋敷にあの縄を仕掛けた丹波黒雲党一味は、尾張藩船に乗って江戸湾のどこかに身を潜めています。上様には尾張継友様に、今宵丑の刻、その藩船を品川の先、浜川の神明社前に行くように命じていただきたい」

「丑の刻に浜川の神明社前だな」

「はい。そこにもし藩船が現れねば、風魔は尾張継友様を標的とします」

「うむ。虎庵のいうこともっともだ。忠相、俺は城に戻る。継友にすぐさま登城するよう伝えてくれ」

吉宗は立ち上がると、慌ただしく部屋を出た。


寛永寺を出た虎庵は、浅草今戸にある風魔直営の船宿に向かった。

そこでは佐助たちが、大筒を搭載した屋形船の準備をしていた。

虎庵が今戸橋に到着すると、山谷堀に浮かぶ屋形船の艫で佐助がなにやら指図しているのが見えた。

「佐助、ご苦労さん。出陣は今宵と決まった。準備の方はぬかりないな」

屋形船の艫に飛び乗った虎庵は、屋形の障子を開いて中を覗いた。

屋形内の前方には、据え付けられた黒光りする大筒が鎮座していた。

「先生、出陣は今宵って」

「今宵丑の刻、尾張の藩船が浜川の神明社前に現れる」

「本当ですか」

「尾張継友が悪党じゃなければな。ところで幸四郎はなにをしてるんだ」

虎庵は艫でノコギリをひく幸四郎を見た。

「少しでも船足を速くしようってんで、舷側にあと四挺ほど艪を使えるようにしてるんです」

「そうか。いずれにしても今日の暮れ六つ、吉原で評定を始める。この船以外に、大型の屋形船を二隻ほど用意しておいてくれ」

「はい」

「それじゃあ、俺は良仁堂に戻るとするか」

虎庵はそういうと、軽やかな身のこなしで岸壁に飛び移った。

頬を撫でた、潮の香りを含んだ風が心地よかった。


一方その頃、良仁堂では突然訪れた金吾が、愛一郎と佐助の女房お雅、亀十郎の女房のお松を前に手土産の串団子をほおばっていた。

「愛一郎さん。それにしてもお雅さんといい、お松さんといい、なんで良仁堂には目も眩みそうな美女が集まるんですか」

金吾はそういうと、大袈裟にお雅とお松の顔を交互に覗き込んだ。

「金吾親分は憶えてらっしゃるかと思うんですが、吉原にいた嵯峨太夫をご存知ありませんか。ふふふふふふ」

愛一郎は意味ありげに笑った。

「嵯峨太夫、ご存知に決まってるでしょ。あっしが花魁《おいらん》道中を見たのは、まだ若衆頭補佐の時でしたから三年前になりますが、嵯峨太夫のあまりの美しさに、つい屁をもらしちまったくらいです。あんな美女とお手合わせ願えるなら、あっしは死んでもいいですよ」

品川一の太夫だった誇りのせいか、お松が咳払いした。

「あ、誤解しねえでください。おふたりだって小便をちびりそうな美女だし、お手合わせ願えたら……いけねえいけねえ、そんなことになったら佐助さんと亀十郎さんに、本当に殺されちまいます」

「親分、まあ詳しいことは話せやせんが、あの嵯峨太夫こそが、うちの先生のレコだったんですよ」

愛一郎は眼前に上げた、右拳の小指だけをたてた。

とても上品とはいえぬ仕草と口ぶりは、愛一郎が傾奇者だった頃のものだ。

「嵯峨太夫が、先生のレコですか」

同じように小指をたてた金吾は、その拍子に団子を喉に詰まらせ、目を白黒させながら胸を叩いた。

「おいおい、嵯峨太夫がどうしたって？」

突然、庭先に現れた虎庵が、そういって縁側に上がった。

「な、なんでもありません」

愛一郎とお雅、お松の三人は逃げるように部屋を出た。

今宵、自分たちを待ち受ける地獄が、どんなものかはわからない。

だが虎庵には、なにも知らず普段と変わりない、愛一郎たちの態度が救いに思えた。

「先生、愛一郎さんを責めないでください。江戸でも一、二を争う美女が、良仁堂に集まる秘密を教えてくれと頼んだのはあっしなんですから」

「なんだ、そんなことか。秘密もなにもねえよ」

虎庵は金吾の向かいに座ると、ミタラシ団子の串を摘んだ。

「そんなわけ、ねえでしょう」

「親分、男は女の見てくれを気にするが、みんな首から下に付いてるものは変わらねえし、顔の皮を剥いじまえば白いドクロがあるだけだぜ」

「わかってますよ、先生。ただの洒落ですよ。それより先生、明け方から虚無僧に棒《ぼ》手《て》振《ふ》りに蚊帳売り、なんとも武家地に似合わねえ奴らがうろつき始めましたぜ」

「そうか、いよいよ敵が動き出すということかな。御奉行様は、どういう見張りを指示したんだね」

「どうもこうもありやせん。辻番所に捕り方を増員し、あっしには一晩中、町火消しに火の用心の巡回をしてくれとだけ……」

「そうか、仕方がねえな」

虎庵は二本目の団子の串を摘んだ。

「これはあっしの勘なんですが、今夜あたり、とんでもねえことが起きるような気がしてならねえんですよ」

ヤクザといえば命も金も、切った張ったの世界に住む。

ひとかどの親分となった金吾の勘は、虎庵が今夜の罠を見抜き、景山たち敵の動きを予測していると思った。

四

虎庵が説明した作戦は簡単だった。

丑の刻、大筒を仕込んだ屋形船が、浜川の神明社沖で尾張藩船が現れるの待ち受け、招集された約百名の風魔は浜辺にある松の防風林に身を潜める。

風魔船の砲撃を受け、沈みゆく尾張藩船から逃げだした丹波黒雲党が浜にたどり着いたところで、ボウガンの一斉射撃をお見舞いする。

例によって敢えて接近戦をせずに、風魔の犠牲を最低限に抑える策だ。

「皆の者、大名屋敷に仕掛けられた太い導火線のように、丹波黒雲党は風魔も知らない武器を装備しているかも知れぬ。心してかかってくれ。なにか質問はあるか」

黒い陣羽織姿で椅子に腰掛けた虎庵の脇に控えている佐助がいった。

「あの、尾張藩船から降りてきた者は、全員、殺っちまっていいんですか」

声を出したのは獅子丸だった。

尾張の藩船には、単に命令されただけの尾張藩士や船人足が三十人以上も乗船しているはずだ。

そんな罪無き人々も、無差別に殺すことは忍びないという獅子丸の気遣いであり、ここに集まっている誰もが思っていることだった。

「獅子丸、心配は無用だ。尾張の藩船と遭遇したら、俺が無関係の尾張藩士や船人足に武器を捨てて退船するように促す。獅子丸、その者たちの避難誘導は、お前に任せる」

「はい」

「それではこれより出陣するが、例によって犠牲者はひとりたりとも許さぬ。よいなっ！」

虎庵は手にした金の三つ葉葵と「天下御免」の四文字が象嵌された、筆架叉《ひっかさ》を一閃した。

「おーっ！」

虎庵の命に呼応した幹部たちの声が、小田原屋の地下で鳴り響いた。

幽齋はすでに数名の根来衆幹部とともに、芝増上寺の御成門脇に身を潜めていた。

近くにある愛宕下大名小路の両脇には大名屋敷が連なり、その中に鬼瓦を交換した大名屋敷が三軒あった。

ここで火が出ておりからの南風に煽られれば、炎は北上して江戸を焼き尽くす原因となる。

それを思えば、まさに要と思える場所だった。

「なにか変わったようすはあるか」

幽齋は今にも雨が降り出してきそうな、雲が低くたれ込めた空を仰いだ。

「この界隈の武家地は北、東、南の三方を町人地に囲まれております。敵はその町人地に身を潜めているようでして、特に変わった様子はありませぬ」

「狙撃組の配置にぬかりはないな」

「問題の三軒の大名屋敷を取り囲む全ての屋敷の屋根に、手練れの者が忍んでおります」

「そうか。見てのとおり、今宵は月明かりもなく、生暖かい南風が吹いている。江戸を焼き払うには好都合な夜だ。気を引き締めてかかるのだ」

「はっ」

幽斎はもう一度、空を仰いだ。


市ヶ谷御門の向かいにある市ヶ谷八幡宮は、広大な尾張藩上屋敷の東端に位置し、太田道灌が江戸城の守護として鎌倉の鶴岡八幡宮から勧進した。

その裏にある長龍寺の山門から、無数の虚無僧が次々と飛びだしたのは、夜四つを報せる鐘と同時だった。

「景山、ぬかりはないな」

本堂の引き戸を開け放ち、山門に向かう虚無僧の背中を見送る景山無月の背後で、くぐもった声がした。

本尊の裏側に身を潜めていた男は、いかにも高級そうな錦の羽織を身に纏い、その顔も派手な頭巾で隠していた。

「もちろんぬかりはありませぬ。今宵丑の刻、最初に愛宕の下で火の手があがり、それを合図に江戸中の大名屋敷から出火します」

「丹波黒雲党の連中はどうしているのじゃ」

「築地沖で火の手を確認したら、藩船から丹波黒雲党の船に乗り換え、西に向かいます」

「そうか。二日もすれば、紀州にいる加納久通の耳にも江戸大火の報は届こう。だが奴が、江戸に帰ろうと和歌山城を飛びだした時が運の尽き。奴さえ殺せば、有馬の爺しか味方のいぬ吉宗など、恐るるにたらぬわ。景山、頼んだぞ」

「御意に」

景山はその場で片膝を突いた。


木村左内と金吾は、四谷御門近くの伝馬町にある料理茶屋の二階にいた。

四谷は東が千代田城、南が紀州藩上屋敷、北が尾張藩上屋敷に囲まれ、西に向かって広大な武家地が広がっている。

そのためかこの界隈だけで、鬼瓦を替えた大名屋敷、大旗本の屋敷が十カ所以上もあった。

「木村様、本当にこのままでいいんですか。辻番所の捕り方を増員し、町火消しに火の用心の見廻りなんて子供だましでしょ」

金吾は熱燗の徳利を親指と人差し指で熱そうに摘み、左内に差し出した。

「御奉行様の命令なんだから、仕方がねえだろう。俺は臭水を仕込んだ鬼瓦を設置した野郎どもは、遠州の瓦屋たちを皆殺しにした下手人なんだから、有無をいわさず捕縛するべきといったんだ」

左内は忌々しげにそういうと、杯の酒を一息で呷った。

「でも奴らは、尾張藩茶頭の小笠原宋易の屋敷を常宿にしていたんだし、町方は手も足もでねえじゃねえですか。それよりわからねえのは、有馬様が遠州の瓦屋を呼んだのなら、常宿も世話するのが筋でしょうが。なんで小笠原宋易の屋敷なんかを……」

金吾は左内が差し出した杯に酒を注いだ。

「バーカ、有馬様は御側御用取次役だぞ。そのお方が、宿の手配なんて糞みてえな仕事をするわけがねえだろう。有馬様は瓦屋の選定も宿の手配も、部下に命じただけに決まってるだろうが」

「じゃあ、その野郎が尾張と通じている、間者ってことですかね。遠州の瓦屋が鬼瓦に臭水を仕込むわけがねえのに、襲われた船には積まれていたってことは、全て事前に準備されていたってことになりますからね」

金吾が呆れながらいった話に、左内の目が妖しく輝いた。

「そういうことか」

「えっ？」

「今回の一件にかかわらず、御奉行様は常に上様の判断を仰いでいる。つまり、今回の緊急警備にしても、事が事だけに上様の判断と考えるべきなのだ」

「あの武断で名高い上様にしては、今回の警備は手ぬるすぎませんかねえ」

「いいか、有馬様のまわりにいる間者のことくれえ、御奉行様だって先刻承知のはずだろう」

「へえ、そういうことになりますかね」

金吾は口をへの字に曲げ、いい加減に返事をした。

「つまりだな、警備が緩いのは、敵に臭水入りの鬼瓦を交換した余裕の表われと思わせるための罠だ」

「そんなもんですかね」

「当たり前だ。奉行所総出で警備なんかするより、評定所が火付盗賊改めに命じ、紀州藩だろうがなんだろうが踏み込ませることは可能なんだ」

「左内の旦那の話を伺っていると、奉行所がわざわざ隙を作っているって聞こえますぜ」

「そうだ、それに間違いねえっ」

左内は小さく叫んで立ち上がると、部屋の障子を開け放った。

腕組みをして仁王立ちになった左内は、月明かりもない南の闇を睨んだ。

風魔一行を乗せた三隻の屋形船は、一列縦隊となって大川を下っていた。

重い大筒を搭載し、虎庵たち風魔の幹部を乗せて先頭を行く屋形船は、小型船を曳航しているにもかかわらず、舳先が白波をたてて疾走した。

佐助の指示によって幸四郎が舷側に新たな艪を設置し、八挺艪としたことが功を奏していた。

搭載された大筒の後方では、黒装束に陣羽織を着た虎庵を取り囲むように、佐助たち幹部が車座になっていた。

「お頭、尾張の藩船は、本当に浜川の神明社前に現れますかね」

黒装束を着ているが、覆面を下げた佐助が訊いた。

「上様の将軍継嗣に当たり、なにやらきな臭え噂が囁かれていたことは、お前たちも知っているだろう」

「はい。六代将軍の正室と側用人の間部詮房、新井白石が上様を推し、尾張継友はまるで出る幕がなかったとか。確かあの頃、『尾張には　能なしザルが集まりて　見ざる聞かざる　天下取らざる』なんて狂歌が流行りましたからね」

「俺はそれがどうも、信じられねえんだ」

「どういう意味ですか」

「俺は尾張継友の出る幕がなかったのではなく、尾張も水戸も、最初から八代将軍は吉宗様で一致していたと思うんだ」

「なぜですか」

「いいか、吉宗様は御側御用取次役となった有馬様、加納様たち、わずかな側近だけを連れて入城した。これは甲府藩主だった六代家宣が、家臣を大挙引き連れて入城したことから、幕閣となっていた五代綱吉の家臣と一触即発の軋轢を生み、幕政は大混乱に陥ったのだ。お前たちだって、俺が十人も側近を引き連れて十代目を継ぐとなれば、心中穏やかではいられなかっただろう」

　佐助をはじめとする幹部たちは、誰もが小さく頷いた。

「吉宗様は、その轍を踏まないように大半の家臣を紀州に残し、従兄弟で西条藩主だった松平頼致を紀州藩六代藩主に据え、家臣と藩政を託した。佐助、最初から将軍になることを放棄していた水戸の綱条《つなえだ》はともかく、尾張継友にそんな真似をできると思うか？」

「そ、それは……」

　いきなり話を振られた佐助だが、尾張徳川家のことなど知るはずもない。

　答えたくても答えようがなかった。

「佐助。尾張継友が、そんな奸臣どもを尾張に残し、わずかな側近だけで入城するなどといおうものなら、奴らは主君だって殺しかねねえ。尾張継友は、そういう獅子身中の虫に気付いていていただろうし、水戸徳川家とて同じことだ。その点、半年あまりの間に、ふたりの藩主とその父を失ったにもかかわらず、吉宗様は紀州藩を武断をもってまとめ上げた。しかも藩主となって十年あまりで、空っぽだった藩の金蔵に、十四万両にも及ぶ余剰金を積み上げた政治手腕は、旧徳川宗家も、尾張も、水戸も、認めていたはずだ」

「なるほど、徳川宗家であろうと御三家であろうと、獅子身中の虫を抱えていることは変わりませんからね。そういう意味じゃ、吉宗様を中心に徳川がまとまったってえのに、その敵が徳川譜代の旗本や大名というのは……」

佐助は皮肉交じりにいった。

「源頼朝を裏切ったのは北条、その北条を裏切った足利も武士だ。武家の統領がどれほどのものかは知らねえが、武士が抱える心中の魔物には、裏切りも辞さねえ魅力があるってことだろう」

「武家の統領の魅力ってのは、金や女よりまぶしいものなのか、いつか吉宗様に訊いてみてえもんですね」

車座の隅で聞いていた、獅子丸らしい軽口に虎庵が笑った。

するとに張り詰めていた緊張の糸が切れたのか、船内に幹部たちの安堵の溜息が次々と漏れた。

五

江戸城二の丸にある、紅葉山文庫の回廊に立った吉宗は漆黒の天を仰いだ。

「忠相、俺はどこでなにを間違えたのだ」

「かつて甲府藩から大量の家臣をともなって入城し、旧幕臣との間で軋轢を生じさせた六代家宣公の轍を踏まぬよう、上様が紀州からわずかな側近だけを伴って将軍となられたことが、旧徳川本家、尾張徳川家の家臣たちに余計な時を与えてしまったことは確かでしょう」

「ならば紀州の家臣総出で入城し、旧徳川本家、尾張徳川家の家臣たちに引導を渡すべきだったと申すか」

「失礼ながら紀州藩祖の頼宣様は、家康様のお子とはいえ十男。普通の武家なら部屋住みであり、家康様とともに戦国の世を勝ち抜いてきた三河以来の旗本からすれば、上様が新たな主君といわれても、そう簡単に納得はできますまい……」

「そうよのう」

「かつての武士が、主君が亡くなれば殉死するのが本道としたのは、権力の移譲を速やかに行なうための、知恵だったということでしょう」

「だが忠相、神君家康公がしたように、俺も新たな徳川宗家として新たな御三家を定めようにも……」

「上様は今の事態を全て見越した上で、将軍の座を継がれたのではないのですか」

「城内では色々噂があるようだが、俺が将軍の座を継ぐに当たり、己の欲得のために御家騒動すら辞さぬ臣下を危惧し、尾張の継友殿も、水戸の綱条殿も助力を約束してくれたのだ。だからこそ、俺は独善といわれようが、将軍主導による強力な幕府作りを目指したのだ」

「上様、それでよいではないですか。此度の件で、風魔が誰にいかなる天誅を下すかはわかりませぬ。しかし継友様の命を受けた藩船が、浜川の神明社前に現れてくれさえすれば、上様と継友様が標的から外されることは確かです。上様が行なう粛正は、その後でも遅くはありません。上様は家康公が風魔とかわした密約を肝に銘じ、信ずる道を進まれるべきと存じます」

大岡越前は額を畳に擦りつけた。

「忠相は、まだ継友殿を疑っているのか」

「そういうわけではありませぬが……」

大岡越前が恐縮して頭を掻くと、吉宗が次の間とを隔てる襖を引いた。

「お、尾張様」

大岡越前の目に、次の間で控えていた若い尾張継友の凛々しい姿が飛び込んだ。

「越前守、上様の命は、予が船奉行に直接申しつけたゆえ、間違いなく藩船は浜川の神明社前に向かうはずだ」

「船奉行に直接ですか？」

「ああ。本来なら家老に命じるべきなのだろうが……越前守、これ以上、我が藩の恥を語らせるな」

「め、滅相もございません。ご無礼いたしました」

大岡はゆっくりと歩み寄る尾張継友に平伏した。

「忠相、そういうことだ。さてそうなると、俺が差し詰め一番に行なうべき事はなんだと思う」

「上様、まずは有馬様の身の回りを洗われてはいかがでしょう」

「有馬の？」

「はい。今回の鬼瓦交換は尾張様の上奏を受け、すべて有馬様が仕切られました。しかし現実には、選定された瓦屋まで尾張に筒抜けで、なぜか宿泊先も尾張藩茶頭、小笠原宋易の屋敷に決まっていました」

「そういうことだったのか、上様、申し訳ありませぬ」

尾張継友はすぐさま吉宗に頭を下げた。

「継友殿、手を上げられよ」

吉宗がいった。

「その異常さに気付かなかった、有馬様もそれがしも迂闊でした。もしそのことに気付いていれば尾張様にご相談申し上げ、黒幕はともかく、鬼瓦を交換した丹波黒雲党を捕縛できていたはずなのです」

「越前守、丹波黒雲党とは……」

「尾張様、それがしが聞き及んでいるのは、千年以上も朝廷につかえている忍び軍団ということだけで、その組織の概要はもちろん、首領が誰であるかもまったく不明なのです」

「その丹波黒雲党と、我が尾張藩が通じているというのか」

「継友殿、その件については俺が説明しよう」

「う、上様が……」

「なあに、このふた月あまり、京の祇園で派手に遊んでいる公家がいてな、俺が調べたところでは、その公家の名は桃園冬恒」

「ももその……ふゆつね……ですか」

「桃園家は五十年ほど前、幕府が成立を認めた新家だ」

「上様、新家といえば知行百石あまりの、最低位の公家ではありませぬか。それが祇園で豪遊とは腑に落ちませんな」

「そのとおりだ。だが現実に桃園冬恒は、天魔法皇こと霊元法皇の側近として烏帽子を被り、派手な紋繻子に身を包んで豪遊しているのだ」

「しかしそのような下層の公家が、霊元法皇の側近になどなれるのですか」

「役者上がりの間部詮房が将軍の側用人になった例もあるのだから、公家の世界でもあっても不思議ではあるまい。ただ、そういう輩が法皇の威を借る狐として無法を行なうのも、歴史が証明しているではないか」

「ごもっともでございます」

「問題は、この桃園冬恒と同行し、支払いを全て面倒見ている侍なのだ」

「まさか、その侍が当藩の……」

「景山無月、尾張藩甲賀組組頭だ」

「上様、お待ちください。我が藩の甲賀組組頭といえば、三十石取りにすぎませぬ。それが祇園の茶屋遊びなどできるはずがございません」

「継友殿、俺も景山無月なる男が、ひとりで描いた絵図面とは思っておらぬ。だがそれはとりもなおさず……」

「尾張の重臣に黒幕がいるということになります。しかし公家衆と関わりがあるとなると……」

尾張継友は俯き、下唇を噛みしめた。

「継友殿、なんの証拠も無いところで家臣を疑ってもきりがない。ことに徳川家と伏見宮家の関係を思えば、尾張家においても重臣の多くが、公家と関わりを持っているはずなのだから」

吉宗のいう伏見宮家とは、北朝の崇光天皇の第一皇子である栄仁親王を祖とする宮家で、四代将軍家綱、吉宗の父光貞が伏見家の女性を簾中に迎え、かくいう吉宗の亡くなった妻も伏見宮家の女《むすめ》だった。

だがそれも、公武の均衡を図ろうとする重臣たちの思惑が働いてのことで、吉宗たちが望んだことではなかった。

そう思えば徳川家の重臣で、公家と関わりを持つ者など掃いて捨てるほどいて、尾張継友のように単純に公家との関係を軸にして疑い出せばきりがなかった。

「上様、摂政家から『凡下《ぼんげ》』と見下される貧乏公家の桃園冬恒が、霊元法皇の側近となれたということは、この男を見くびってはなりませぬ」

「わかっておる。いくら上昇志向を持ったところで、『凡下』は未来永劫『凡下』というのが公家の身分社会だ。そこで見分不相応な出世を成し遂げた桃園冬恒は、人ならぬ魑魅魍魎と見るべきだろう。景山無月なる男との豪遊を突いたところで、すでに用意したもっともらしい理屈で、のらりくらりと身をかわすはずだ。継友殿、わかるな」

「ははっ」

尾張継友は、諭すようにいった吉宗に平伏した。

「俺とて今の状況でいえば、まさかあの有馬の爺が尾張に情報を流すわけがないが、予断が禁物であることは変わりがないのだ。それにしても継友殿、身内を疑わねばならぬとは、苦しいものよのう……」

吉宗は自分たちの置かれた苦しい立場を口にすることで、一瞬でもその責から逃れたいと思う心中を吐露していることに気付いていなかった。

大岡越前は意を決し、重い口を開いた。

「上様、我らのその甘さが、幽齋殿の息子を死に追いやったことをお忘れになったのですかっ」

「た、忠相……」

「上様のその甘さゆえに根来衆からの信を失い、風魔に疑義を抱かれることになったのをお忘れですかっ！」

「越前守、言葉が過ぎるぞっ」

「これはこの国と徳川家の行く末を決める重大事。黙らっしゃいっ！」

顔を真っ赤にさせた大岡は、声を荒らげて尾張継友を制した。

「忠相、忘れたわけではない」

「神君家康公が天下を平定されて百二十年、諸国の飢饉、大火、大地震、大津波、富士の大噴火、数え上げればきりがない天災の数々を乗り越え、歴代将軍は多くの忠臣とともに太平の世を維持して参ったのです。しかし、数々の復興の裏で公金を横領しては私腹を肥やし、その金を城中でばらまいては、さらなる地位と利権を貪ってきた外道もまた、徳川の家臣なのです。徳川宗家が途絶え、紀州徳川家が宗家となった今こそ、徳川幕府の悪弊と奸臣を排除する好機なのです。新将軍としての覚悟をもち、信ずる英断をふるわれませいっ」

切腹覚悟で大岡が発した諫言に、吉宗と継友は絶句し、その場が凍りついた。

両手を突いたまま、吉宗を睨み上げる大岡の血走った目からこぼれ落ちた涙が頬を伝い、ポタポタと音をたてて畳を濡らした。

眉間に深い皺を刻んだ吉宗が、口角をひくつかせながら大岡に歩み寄った。

「忠相、すまなかった。このとおりだ」

吉宗は大岡の前で片膝を突き、深々と頭を下げた。

「上様……」

大岡の手に、吉宗の顎から熱いしずくが二滴だけしたたった。

それから二刻半後、築地の尾張藩蔵屋敷の一町ほど沖に停泊していた伏見屋一行の乗船する藩船に、尾張藩の提灯を掲げた一艘の小舟が近付いた。

船人足から報告を受けた尾張藩の水主《かこ》同心が、船縁から海面を覗いた。

「船奉行の高田様だ。すぐに縄ばしごを降ろせっ！」

水主同心の指示に、すぐさま船人足が縄ばしごを降ろした。

ほどなくして甲板に降り立った船奉行は、水主同心に懐から取り出した下知状を突きだした。

「上様から直命が下った。本船は丑の刻までに、浜川の神明社前に到着せよとのことだ。よいなっ！」

「ははっ、承知いたしました」

「上様よりの直命ゆえ、それがしも同行する。浜川の神明社前までは半刻あまり、急ぎ出航せい！」

「ははっ！」

土下座していた水主同心と船人足は、弾かれたように立ち上がり、それぞれの持ち場へと走った。

「おい、なにがどうしたというんや」

事情が呑み込めぬ伏見屋陣内は、持ち場へと向かう水主同心の腕を掴んだ。

「放せっ、丑の刻までに浜川の神明社前に向かうよう、上様からの直命が下ったのだ」

「上様って、まさか将軍様……」

「バーカ、継友様に決まっているだろうが」

水主同心が陣内の腕を振りほどいたとき、築地本願寺の裏手で炎が上がり、一発の銃声が鳴り響いた。

「丑の刻はまだだというのに、どういうことだ」

陣内は赤く燃える西の空を呆然と見上げた。

風魔と丹波黒雲党の決戦の火蓋は、意外な形で切られた。

終章　決戦

一

築地本願寺裏の武家地で発生した火事は、奇遇にも旗本屋敷の火の不始末が原因で、景山無月率いる尾張藩甲賀組とは無関係だった。

だが予定よりも早く燃え上がる炎に、別の旗本屋敷の屋根を走る不審な黒装束が浮かんだ。

銃を構えて待ち受けていた根来衆は、幽斎から命令された通り、怪しい影に対して容赦なく発砲したのだ。

入り鉄砲に出女。

厳しく鉄砲の規制をしている江戸では、深夜に銃声が鳴り響くことなどあり得ない。

すでに担当する大名屋敷や大旗本の屋敷に忍び込み、屋根で放火の準備を始めていた尾張藩甲賀組の忍びは、予想だにせぬ銃声に反応して立ち上がり、銃声のした方向を確かめようとした。

するとその姿を発見した根来衆が発砲する……。

まさに銃声の連鎖が起きていた。

景山無月は、目の前の御成門脇に津田幽齋が身を潜めているとは知らず、御成門近くにある大垣新田藩中屋敷に忍び込んでいた。

江戸を焼き払おうと思えば、誰しもこのあたりが理想的な出火地点と判断するが、景山は自分の計画が虎庵たちに知られているとは思いもよらなかったのだ。

屋根で身を伏せている景山の元に、屋根裏に忍び込んだ先発隊の手下が、首から縄を提げて戻った。

「どうした」

「お頭、大変です。この火龍をご覧ください」

手下は首から提げた、ずっしりと重い縄を手渡した。

「これがいかがした」

「中の火薬が水を含んでいて着火できぬのです」

「なにっ！」

無月がつぶさに縄を確かめると、所々に切れ込みがあり、濡れた砂のようになった火薬が顔を覗かせていた。

「お頭、これは罠です。火龍の存在に気付いた大岡は、臭水を仕込んだ鬼瓦に騙された振りをしたのでしょう」

「ならばなぜ、町方の姿が見あたらぬのだ」

「そ、それは……」

「まさか……風魔か」

呆然とした無月が不用意に立ち上がったとき、一発の銃声が鳴り響いた。

幽斎の銃口から発射された弾丸は、狙いどおり無月の左肩を撃ち抜き、血飛沫が舞い上がった。

「これは罠だ、作戦中止の合図だっ！」

黒装束のひとりが、背負っていた太い筒を天空に向けて抱えると、もうひとりの黒装束が導火線に点火した。

天空高く打ち上げられた火の玉は、大音響とともに破裂した。

左肩を撃ち抜かれた無月は、すぐさま竹筒に仕込んだ火薬を肩にふりかけて火を点けた。

火薬は一瞬で燃え上がり、傷口を焼いて出血を止めた。

「引くぞっ！」

無月と手下の甲賀衆は、転げ落ちるように屋根から飛び降り、大名屋敷の闇に姿を消した。

この時無月は、他の大名屋敷で起きている惨劇を知るよしもなかった。

小半時後の放火を前に、火龍を仕掛けられた屋敷の屋根では、甲賀組の忍びが三人ひと組となり、屋根にへばりつくようにして潜んでいた。

火龍への着火を前に、忍びたちはヒリつくような緊張に身を硬くしていた。

そこに天空で鳴った撤退の合図。

忍びが単独で行動していれば、彼らは一も二もなく撤退しただろう。

だが三人ひと組だったがゆえに、それぞれの心中に判断を他人に委ねようという隙が生まれた。

撤退の合図を確認しようと立ち上がった忍びに、根来衆の放った銃弾が次々と襲いかかった。

特別な訓練を重ね、二十間先の雀を撃ち殺す狙撃手の放った弾丸は、甲賀組の頭、そして心臓を見事に撃ち抜いた。

四谷伝馬町から市ヶ谷御門の辻番所に戻った左内と金吾は、酒のせいもあってこの一刻あまり、うつらうつらと舟を漕いでいた。

そこに見廻りに出ていた町火消しと同心が飛び込んできた。

「木村様、大変です」

「なんだなんだっ！」

飛び起きた左内の頭に立てかけてあった大刀が倒れかかり、刀の鍔が左内の月代に激突した。

「木村様、そこら中で銃声が鳴り響き、大名屋敷の屋根から黒装束が次々と落下しているんです」

「なんだとう？　その黒装束ってのは何者だっ！」

左内は月代をさすりながらいった。

「何者って、撃たれた黒装束が落ちたのも、大名屋敷の中なんですから調べようがありませんよ」

同心がいうのももっともだった。

事件現場が大名屋敷の中では、町方には手も足も出ないのだ。

「銃声がしたとかいったな」

「はい、空に火の玉が上がって爆発したかと思ったら、四方八方から銃声が鳴り響きやがったんです」

「それで屋根から黒装束が……」

「降ってきたんです」

「バーカ、雨じゃあるめえし、人が降ってくるわけがねえだろう。狙撃された黒装束が、屋根から落ちたに決まってるだろう。お前たちは逃げ出した黒装束を見つけて捕縛するんだ。金吾、すまねえが俺は奉行所に戻る。相手が大名じゃ俺たちには手も足もでねえし、どこぞで火事が起きねえともかぎらねえ。お前も一家に戻って大火事に備えろ」

左内は大刀を握りしめると、辻番所を飛びだした。


丑の刻少し前、尾張継友の命令どおり、尾張藩船は浜川の神明社前に到着した。

「このあたりは砂地の浅瀬になっておりやすから、これ以上神明社に近付くと座礁しかねませんぜ」

神明社まで三十間ほどまで近付いたところで、提灯を手にした船人足頭が船縁から身を乗り出して海面を覗いた。

「わかった。ではここで碇を下ろせ」

「へい」

船人足頭は急ぎ、舳先へと向かった。

ずっと藩船の艫にいた陣内は、姿は確認できないが尾張藩蔵屋敷沖からずっと尾行してくる何者かの気配を察していた。

何度も目を凝らしてみたが、月明かりもない海上の闇は深く、その気配の正体を知ることはできなかったのだ。

陣内は舷側で海面を覗く水主同心に近寄った。

「どうかいたしましたか」

「なに、このあたりは浅瀬が続いていてな、上様の命とはいえこれ以上近付けば座礁しかねないのだ」

「あそこに見えているのが、浜川の神明社ですか」

「そうだ。浜の向こうは松林が続き、左手の小さな灯りが見えているあたりが猟師町だ」

「さすがにこのあたりまで来れば、江戸も遠州も変わりませんな」

陣内がそういってなんの気なしに後方を振り返ると、一町ほど先の闇の中で蛍のような小さな灯りが灯った。

「あの灯りはなんですかね」

陣内は水主同心の肩を叩いた。

「なんだありゃ？」

面倒くさそうに振り返った水主同心が奇声を上げた。

「どうやら、こちらに近付いてきているようですが」

「そうだな。あの灯りの高さからして漁船かなにかだな。漁師が漁を始めたん……あれれれ、ありゃあ屋形船だ。夜釣りでもしてるのかな」

音もなく近付いてきた屋形船が、ぼんやりと確認できた。

「屋形船って、今は丑の刻ですよ。江戸は粋人が多いと聞いておりますが、さすがに酔狂が過ぎませんかね」

藩船の背後から右舷側に近寄ってきた屋形船は、旋回しながら舳先を藩船の舷側に向けた。

提灯に書かれた御用という二文字がくっきりと見えた。

「そんなところでなにをしてるっ！　我らは尾張藩の藩船、航行の妨げになるから即刻移動するのだ！」

口の脇に両手を当てた水主同心が怒鳴った。

すると屋形船の艫から、ボウガンを手にした黒装束が現れた。

それを見た陣内は素早く船縁から離れ、仲間の待つ船倉へと走った。

黒装束が放ったボウガンの矢文は、一瞬で舳先近くの船縁に突き刺さった。

「な、なにごとだ」

突き刺さった矢文に走り寄った水主同心は手を伸ばし、矢にくくりつけられた文だけを外した。

「こ、これは……」

文には藩船に乗る者たちは、遠州袋井の瓦屋、富田屋吉右衛門一行を皆殺しにした下手人で、乗組員の尾張藩士と船人足は一味に気付かれぬよう、即刻、船を退去せよという内容が書かれていた。

尾張藩主継友から直命を受け、理由もわからぬまま浜川の神明社前に到着した水主同心に、文の内容を疑う余裕はなかった。

水主同心はなにごとかを船人足頭に囁いた。

そして船人足頭が船倉に駆け込むのを確認すると、突然、

「出航用意っ！　全員甲板に集合っ！」

と叫んだ。

よく訓練された全乗組員が瞬く間に集合すると、今度は、

「全員退避っ！」

と叫び、みずから先頭を切って海に飛び込んだ。

それを見た全乗組員が、次々と後に続いた。

「お頭、なんだか上が騒がしいのんとちゃいますか」

陣内の右腕で丹波黒雲党幹部の鉄二郎がいった。

鉄二郎は独断で虎庵を襲ったが、虎庵の投げた三稜針で右太股を射抜かれた。

傷は思いのほか深傷で、ようやく杖をつけば歩けるようになったのは昨夜のことだった。

「お頭、大変や。みんな海に飛び込んでます」

入口にいた配下のひとりが叫んだ。

「なにっ！」

船倉を飛び出した陣内が舳先に走ると、船人足たちが海上を泳いで砂浜に向かうのが見えた。

陣内はすぐさま御用提灯を提げた屋形船を振り返った。

しかし矢文を放った黒装束の姿もなく、屋形船からまったく人の気配を感じることはできなかった。

「いったい、なにが起こったというのだ。皆の者、甲板に集まれっ！」

事情を呑み込めぬ陣内が、船倉の入口に向かって叫んだとき、人気がないはずの屋形船が強烈な閃光を放った。

そして轟音とともに、藩船の船体に衝撃が走った。

船縁にしがみつき、なんとか転倒を免れた陣内が目を凝らすと、薄らいだ白煙の向こうに、屋形から覗いている大筒の発射口が見えた。

「皆の者、敵襲やっ！　出合えっ！　出合えっ！」

船倉への入口の木戸が蹴破られ、白煙とともに丹波黒雲党の手下どもが飛びだした。

「お頭、船の土手っ腹にでかい穴が開き、水がどんどん入ってきてまっせ。このままじゃ、沈没も時間の問題やっ！」

杖を失い、右脚を引きずった鉄二郎が叫んだ。

だがその時、二度目の閃光が走り、船体にさらなる衝撃が走った。

二

藩船の右舷に開いた大穴に撃ち込まれた大筒の玉は、左舷にも同様の大穴を開けて貫通した。

左右の舷側から大量の海水が浸入した尾張藩船は、舳先からみるみる沈没を始めた。

「お頭っ！」

「いいから海に飛び込むんや。このあたりは浅瀬やから大丈夫や」

陣内の声を聞いた丹波黒雲党は、次々と左右の舷側から海に飛び込んだ。

陣内が屋形船を見ると、いつの間にか藩船に平行するように向きを変えていた。

そして屋形船の舷側には十名ほどの黒装束がボウガンを構えていた。

「あかん、右側はダメやっ」

陣内は叫んだが、時すでに遅し。

屋形船と藩船の間に飛び込んだ三人を十本の短い鉄矢が襲った。

鉄矢は海面に出た首を精確に捉え、男たちの頭蓋骨を粉砕し、噴きだした鮮血が海面を深紅に染めた。

海上の惨劇を目の当たりにした陣内を猛烈な勢いで二の矢が襲った。

「左や、左側に飛び込むんやっ！」

なんとか二の矢をかわした陣内は甲板を走り、左舷から海中に飛び込んだ。


ようやく浜に泳ぎ着いた尾張藩船の乗組員を迎えたのは、曳航してきた小舟で浜辺に先回りしていた虎庵と佐助、獅子丸たち二十名ほどの黒装束だった。

「尾張藩の御家中か」

覆面をした獅子丸のくぐもった声に、びしょ濡れの水主同心が頷いた。

「な、なにごとが起きたというのだ」

「心配無用。こちらについてきてくだされ」

獅子丸が松林に向かうと乗組員も黙って続き、ボウガンを手にした黒装束と虎庵たちがその後に続いた。

「お頭、丹波黒雲党の連中は全員、海に飛び込んだようです」

松林から海の様子を窺っていた佐助がいった。

浜辺にはすでに泳ぎ着いた瓦葺き職人姿の丹波黒雲党が五人ほど、海上の様子を探っている。

浅瀬だったために、沈没させる予定だった尾張藩船は完全に水没せず、右舷側にゆっくりと傾きながら横転した。

それを確認した屋形船は、ゆっくりと沖に向かい漆黒の闇に消えた。

「敵は総勢何人だ」

「三十人です」

「海に飛び込んだ者の内、三人はボウガンで射殺《いころ》した」

虎庵の視線の先では、足のつく浅瀬まで泳ぎ着いた者たちが、洋上を彷徨う亡霊の如く、緩慢な動きで浜に向かって歩いていた。

「浜辺に泳ぎ着いたのは五人で、浅瀬には二十二人、合計二十七人で間違いありません」

「伏見屋陣内はどいつだ」

「痩せた男に肩を貸している、羽織姿の大男が陣内かと思います。お頭、あの痩せた男は、下谷御成街道で俺たちを襲った男です」

「ああ、まだ右脚を引きずっているところを見ると、思ったより深傷だったようだな。佐助、行くぞ」

虎庵と佐助は丹波黒雲党の正面を目指し、松林の中を疾走した。

「佐助、奴らは全員、浜辺に到着したようだな」

「二十七人、間違いありません」

佐助が答えたとき、樹上から黒い影が舞い降りた。

「お頭、二十名ずつ四隊、松林に控えております」

影は幸四郎だった。

「幸四郎、総攻撃だ」

「はい」

覆面を顎まで下げた幸四郎が指笛を鳴らした。

松の樹上でボウガンを構えていた八十名の風魔が、一斉に引き金を引いた。

突然、闇を切り裂くように発射された八十本の短い鉄矢が、浜辺で休む丹波黒雲党を次々と襲った。

一瞬で十人ほどの男たちが倒れ、一斉に神明社の祠に向かった男たちを二の矢が襲った。

だが砂浜にもかかわらず、男たちは忍びらしい俊敏な動きを見せ、見事に矢をかわしながら神明社の祠に飛び込んだ。

砂浜と松林の中間に造られた神明社は、大谷石製の三間四方、九畳ほどの土台の上に小さな鳥居と祠が祀られ、そのまわりにヒバの生け垣が植えられていた。

「お頭、神明社を取り囲み、一気に決着をつけましょう」

佐助が直刀を抜いた。

「佐助、敵を侮るな。奴らは大名屋敷に仕掛けた導火線からして、火薬を熟知しているはずだ。不用意に祠に近付き、爆薬を投げられたらどうするのだ」

「しかしお頭、奴らは海から上がったばかりの濡れ鼠です。爆薬を持っていたとしても、使い物にはならないはずです」

「そうかな。奴らが火薬使いを得手としているなら、火薬の弱点も熟知しているはずだ。なれば爆薬にしても、火薬の弱点を克服した武器にしているはずだ。佐助、お前なら、雨の中でも使える爆薬にするためにいかなる手を使う」

「まずは柿渋を塗った紙で包み、その上から油紙で包むことで、火薬も導火線も絶対に濡れぬようにします」

「その仕掛けなら、海に落ちても大丈夫か」

「は、はい」

「よいか、佐助、我らの中に丹波黒雲党の使う秘術を知る者はいないのだ。決して侮ることなく、心してかかるのだ」

虎庵がそういって佐助の肩を叩いた時、神明社からチリチリと火花を散らす竹筒のようなものが、松林に投げられた。

そして耳をつんざく爆発音とともに白煙が松林を覆った。

立て続けに爆発音が三回続き、浜辺も松林ももうもうたる煙幕に包まれた。

風魔のボウガンによる攻撃が封じられた間隙を突き、祠から飛びだした一団が煙幕の中に突進した。

「幸四郎、祠から飛びだした敵は何人だ」

「断言はできませんが十二、いや十三……」

「よし、幸四郎、奴らの始末は頼んだぞ。佐助、おそらく伏見屋陣内と俺たちを襲った男、その男に肩を貸す二名が祠の向こうに逃走したはずだ。行くぞっ！」

「はいっ」

松林から浜辺に飛び出し、白煙の中を祠に向かう虎庵を佐助と配下の風魔五人が追った。

虎庵たちが祠に到着すると、案の定、伏見屋陣内の姿はなかった。

だが祠の向こうを見ても人影はない。

「佐助、奴らはいたか」

「お頭、海です。奴らは藩船に向かっています」

伏見屋陣内は、虎庵の読みとは違って再び海へと向かっていた。

「どういうことだ……」

虎庵は海上で揺らめく四つの首を呆然と眺めた。

だがその時、浅瀬で傾いた尾張藩船の一町ほど沖合で、突然、いくつもの灯りが灯り、見覚えのない五百石船の船体が浮かび上がった。

「お頭、あれは……」

「佐助、あれは丹波黒雲党の船だ。尾張藩船の後をつけていたということだ」

「お頭、このままでは逃げられてしまいます」

悔しさに顔を歪ませた佐助が浜辺へと走った。

その時、丹波黒雲党の船から、左に三十間ほど離れたところで閃光が走った。

一瞬、閃光に浮かんだ屋形船から、丹波黒雲党の船に向かって白っぽい炎が噴きだし、轟音が鳴り響いた。

「お頭、亀十郎ですっ！」

佐助が振り返ったとき、丹波黒雲党の船の帆柱が折れ、大きな帆がゆっくりと海面に倒れた。

そして次の瞬間、丹波黒雲党の船の甲板から真っ赤な火柱が上がり、大爆発を起こした。

亀十郎の砲撃が、丹波黒雲党の船内に積まれていた火薬を誘爆させたのだ。

雨あられと降りそそぐ爆発船の残骸が、海面のいたるところでしぶきを上げた。

それが収まり、虎庵が再び海上を見ると、尾張藩船の向こう側にいたはずの船は、跡形もなく消えていた。

沖合に向かっていた四つの頭が向き直り、直刀を手にした佐助が仁王立ちで待つ浜辺に、ゆっくりと移動を始めた。

祠を出た虎庵が佐助に歩み寄ったとき、背後の松林からボウガンを構えた風魔が次々と姿を現した。

「幸四郎、首尾は？」

虎庵は背後に走りよった幸四郎に尋ねた。

「敵方十三人、全員討ち取りました」

「こちらの犠牲は」

「手裏剣による怪我人が五人。いずれも軽傷です」

「そうか。後は奴ら四人か」

浜辺に泳ぎ着いた四人の丹波黒雲党は、いつの間にか濃い紫色の覆面と装束に身を包み、襟元から鎖帷子を覗かせていた。

先頭に恰幅のいい紫装束が立ち、その背後で右脚を引きずる紫装束を別の二人が支えていた。

「伏見屋陣内、待ちかねたぞ。江戸前の潮水、京の山猿にはさぞやしょっぱかろう」

虎庵は先頭の恰幅のいい紫装束にいった。

「そういうお前は何者だっ！」

「丹波黒雲党首領、伏見屋陣内とか申したな。人に名を聞くなら、みずから先に名乗るのが礼儀と思うが、忍びに礼儀を求めたところで無駄か。俺は十代目風魔小太郎とでもいっておこうか」

「ふふふ、左様、儂が伏見屋陣内や。貴様らが風魔とはな、どうやら足柄の山猿など恐るるにたらずと侮ったのは、我らの不覚だったようやな」

虎庵の背後でボウガンを構える無数の風魔を見て観念したのか、陣内はその場にゆっくりと腰を下ろした。

それを見た怪我人に肩を貸していたふたりの紫装束が、瞬時に左右に飛んだ。

そして虎庵に向かい、左右の手に持った手裏剣を投げつけた。

細長い鋼を研いだだけの、黒い手裏剣は闇にまぎれて目視はできない。

虎庵は空気を切り裂く音にだけ神経を集中し、一瞬で大刀を抜きはなった。

手裏剣と激突した刀身が三回火花を散らした。

だが四本目の手裏剣が、「カッッ」という乾いた音を立てた。

そして虎庵がその場に片膝を突いた。

四本目の手裏剣が、虎庵のどこかの骨を砕いたと誰もが思った。

「撃てっ！」

幸四郎の号令で一斉に放たれた八十本の矢が、手裏剣を投げたふたりの紫装束に突き刺さった。

その瞬間、虎庵は片膝を突いた体勢から刀を前方に突きだし、胡座をかいた陣内に突進した。

虎庵の全体重が乗った切っ先は、陣内の鎖帷子を切り裂き、右肩の付け根を一瞬で貫いた。

虎庵を襲った四本目の手裏剣は、虎庵の大刀の柄に突き刺さっていた。

「安心しろ、お前には聞きたいことが山ほどある。そう簡単には殺さぬわ」

陣内の肩に足をかけ、虎庵が大刀を引き抜くと、陣内の肩の傷から血飛沫が上がった。

その時、陣内の背後で突っ伏していた男がゆっくりと立ち上がり、右脚を引きずりながら近寄ってきた。

「お頭、ワシは諦めまへんで」

男はいきなり虎庵に掴みかかった。

その瞬間、男の懐で燃える導火線の匂いを察した虎庵は、男の腕を払いのけると瞬時に後方に飛び、その場で伏せた。

「ワシは、ワシは絶対に負けへんでっ！　わはははははっ」

男の高らかな笑い声が響いた瞬間、大爆発が起こり、もうもうたる白煙とともに男は跡形もなく吹っ飛んだ。

虎庵に続いてその場に伏せた風魔に犠牲者は無かったが、自爆した男の背後で胡座をかいていたはずの陣内の姿が消えていた。

気付いた佐助と幸四郎が波打ち際に走った。

「佐助、幸四郎、いいから戻れ。あの深傷だ、早く血止めを施さねば、体中の血が流れ出し、奴の命は一刻と保つまい。一同の者、退けいっ！」

虎庵の命に、その場にいた風魔は風のように散った。

三

それから十日あまり、大岡越前も、幽斎も、左内も、そして金吾も良仁堂を訪ねてくることはなかった。

丹波黒雲党から解放された虎庵も、日に日に緩む春の空気に包まれながら、縁側で惰眠を貪る毎日が続いていた。

虎庵たちが繰り広げた丹波黒雲党との激闘は、江戸の町民に知られているわけもなく、流行風邪の治療に訪れる患者たちの興味は、間もなくできるであろう桜の花見に絞られていた。

だが十一日目の昼、良仁堂の庭先に現れたのは幽齋だった。

縁側で頬杖を突き、うたた寝をしていた虎庵は幽齋に気付くこともなく、不覚にも鼾をかいていた。

「先生、幽齋様がおみえです」

佐助の声に虎庵が飛び起きると、幽齋はすでに長椅子に身を沈めていた。

「なんでえ、幽齋殿。あれから十一日も音沙汰無しとはご挨拶じゃねえか」

虎庵は幽齋の向かいに座った。

「なに、あの日、五十人ほどの甲賀者を射殺したが、たまたま生き残った者がおりましてな。そいつが組頭の景山無月に命じられたと、全てを吐いたのです。それがしがその旨を上様にご報告いたしたところ、尾張継友様がすぐに景山無月の捕縛を命じられたのですが、景山は自宅で腹を切っていたそうです」

「それで?」

「それだけですが……そうだ、上様がそれがしへの詫びだと仰り、紀州の根来寺に二千石を賜ることになりました」

「あとは？」

「それだけです」

幽斎は毅然と答えた。

「甘いな」

姿を消した丹波黒雲党の伏見屋陣内も、切腹した景山無月も、朝廷や尾張藩から見れば虫けら同然なのだ。

その景山に桃園冬恒との接近を命じた、尾張藩に巣くう黒幕を炙り出さぬことには、同じことが続くだけなのだ。

虎庵は吉宗が幽斎に対し、景山無月とつるんで豪遊していた公家の桃園冬恒の調査すら命じなかったことが不満だった。

伏見屋陣内に「足柄の山猿」とけなされたことは業腹だったが、風魔が京や西国にまったく手だてを持たぬ事は事実だった。

桃園冬恒に天誅を下そうにも、手も足も出ないというのが現実なのだ。

「上様は、公家の桃園冬恒について、なにかいってなかったのかい」

「いや、はっきりとは仰らなかったが、今月末、伏見宮貞致《さだゆき》様が江戸におみえになられるそうだ」

「伏見宮？」

思わず幽斎を見た虎庵の顔に赤味が差した。

「亡くなられた上様の奥方、理子様の父上です。伏見宮家といえば四宮家の筆頭で、徳川とは深い間柄ですからね、我ら根来衆や御庭番に命じて調べるより、桃園冬恒のことも、朝廷の動きも、より確かな情報が得られるのではないでしょうか。上様も本気なのですよ」

「そうか。それはよかったな」

「それから一昨日、紀州から加納久通様が戻られましてね、今日は酷く機嫌が悪かったようです」

「上様から話を聞いたのだろうが、あの男が動き出すとなれば、なんだか嫌な予感がするな」

加納久通は吉宗の右腕といえば聞こえがいいが、吉宗の影として汚れ仕事に従事してきたことは紀州藩士の常識だった。

虎庵が不安を打ち消すように小さく頭を振った時、庭先に左内と金吾が現れた。

当たり前のようにずかずかと部屋に上がった左内は、幽斎の隣に腰掛けるなり大きな溜息をついた。

「いったい、なんだったってんだ」

「左内の旦那、やけにご機嫌斜めじゃねえですか。自慢のお馬が死んで、日本堤端の蹴飛ばし屋に売られちまいましたか」

「ばーか、もしそうならウマい話じゃねえか」

「左内の旦那、馬とウマイをかけるとは、なかなか洒落てるじゃねえですか」

金吾が口を挟んだ。

「そうか、親分もそう思うか？」

「へい」

「いやあ、なんのなんの、たまたまのことよ」

金吾の見え見えのヨイショに、左内の機嫌は一発で直った。

南町の与力ともあろう者がこの体たらく。

虎庵も思わず噴き出していた。

「親分、あの日の夜は大変だったのかい」

「先生、大変もなにも、あちこちで銃声がしたかと思ったら、屋根から黒装束がジャンジャン降ってきましてね。でも落ちたところは大名屋敷の中、左内の旦那もあっしらも、口をへの字にした達磨ですよ」

金吾はそういうと土産に持ってきた鰻の蒲焼きの包みをふたつ、卓の上にどさりと置いた。

「おっ、金吾、口をへの字にした達磨とは、手も足も出ないという洒落だな。中々面白いが、俺の馬とウマイにはおよばねえな。さて先生、俺たちはこのとおり、二百文もする鰻を二十串も手土産に買ってきたんだ。しめて一両だぜ。先生も無念の死をとげた、孝次郎さんへの鎮魂の盃と酒を用意してくれてもいいんじゃねえか」

「そういうことか、これは失礼いたしました。佐助っ」

佐助は卓の上の包みを手に取ると、クンクンと匂いを嗅ぎながら台所に向かった。

その姿を見た一同が、腹を抱えて笑い出した。

本格的な江戸の春も、すぐそこまできていた。

（了）

本作品は当文庫のための書き下ろしです。

文芸社文庫

鎮魂の盃
風魔小太郎血風録

二〇一七年二月十五日　初版第一刷発行

著者　安芸宗一郎
発行者　瓜谷綱延
発行所　株式会社　文芸社
〒一六〇－〇〇二二
東京都新宿区新宿一－一〇－一
電話　〇三－五三六九－三〇六〇（代表）
〇三－五三六九－二二九九（販売）
印刷所　図書印刷株式会社
装幀者　三村淳

ISBN978-4-286-18390-9